远方有我

张者第 ◎ 主编

北方文艺出版社

图书在版编目（CIP）数据

远方有我 / 张者第主编 . -- 哈尔滨：北方文艺出版社，2024.3
ISBN 978-7-5317-6160-0

Ⅰ.①远… Ⅱ.①张… Ⅲ.①散文集—中国—当代 Ⅳ.①I267

中国国家版本馆 CIP 数据核字 (2024) 第 046016 号

远 方 有 我
YUANFANG YOU WO

主　　编 / 张者第	
责任编辑 / 常　青	文图编辑 / 吴　迪
封面设计 / 崔志潮	插画设计 / 陈　妍

出版发行 / 北方文艺出版社	邮　编 / 150008
发行电话 / （0451）86825533	经　销 / 新华书店
地　址 / 哈尔滨市南岗区宣庆小区 1 号楼	网　址 / www.bfwy.com
印　刷 / 河北尚唐印刷包装有限公司	开　本 / 720×1000 毫米　1/16
字　数 / 220 千字	印　张 / 15.25
版　次 / 2024 年 3 月第 1 版	印　次 / 2024 年 3 月第 1 次印刷
书　号 / ISBN 978-7-5317-6160-0	定　价 / 79.00 元

序

寇宝辉

2011年底，借着我儿子笨兔出生这件事，正在读大学的弟子们开始在人人网上写怀念远方、怀念中学生活的文章，我把这些文章结集成书，出版了《远方有我》，来纪念我们共同的青春。

昨天，总部张主任打电话来，说2024年就是远方文学25周年了，总部准备增删部分文章，再版《远方有我》以示纪念，想请我写一篇序言。我想到三个词：漫长、幸福和未来。

先说漫长，不知不觉我们已经走出了很远。

《远方有我》出版后很长时间，很多年，我都只能在朋友圈看到第一篇文章的作者陈耀东在西雅图牵着他的大白狗玩耍或者流浪，我甚至以为他此生将在异国他乡与狗为伴，孤独终老。直到去年7月，这货发了他娶漂亮媳妇的照片，今年7月又发了"和老婆肚子里的baby girl一起庆祝结婚一周年"，我才忽然意识到，这个1.9米的傻大个子真的成家立业，娶妻生子了。12年前笨兔出生时，他还在天津大学读书，他去医院看望了笨兔。昨天，我的美国签证获批，想必明年夏天可以去看望他的娃了。我告诉他这个消息，他说要带我在西雅图狠狠逛个够，我在想到底能有多狠。远方弟子们很多都像陈耀东一样，各自在漫长的天涯孤旅中执着寻找着自己喜欢的人，做着自己喜欢的事情。

2012年春天，我在任丘整理《远方有我》的文稿；2013年春天，唐山的教育人赵新立先生到访任丘，非要加盟，干远方；2014年春天，在天津红桥区一栋写字楼的20楼，花开远方公司成立，这里作为总部，面向全国发展远方事业；2018年春天，远方总部有了自己独立的办公楼，在全国31个省份，也有了几百家校区；2019年，远方文创公司和远方国旅正式成立；今年春天，新加坡校区成立，笨兔目前就在这里学远方，不到一年的时间，校区已经快坐不下了。有时，回首方知岁月漫长。

2012年，任丘校区已经到了3000学生，我开始希望远方能发展到外地，孤木成林。2014年，远方试着走出任丘，未料从此海阔天空。之后，我在天津生活，那七年很累，夜以继日地编教材，一年到头飞各地校区宣讲和指导工作，不停地思考和商量各路事情。2021年底来到新加坡发展后，我又亲自教了快两年远方课程，讲了中国史地和世界历史，笨兔竟成了我的学生。没有对比就没有伤害，笨兔曾在天津上过半年远方课程，于是他跟同学们说他爸是远方讲课最差的老师，什么叫吃饭砸锅，什么叫大义灭亲，这就是。当然，这些年我最快乐的日子就是笨兔的假期，只要笨兔放假，我就一定会放下所有工作，带他去各地流浪。我努力地让他从家兔变成一只野兔，去探索丛林，了解并适应丛林的法则。这是我的这十多年，带远方自任丘走向世界，陪笨兔从襁褓长成少年。

2013年，唐山新立校长的加盟，将远方正式推上了全国发展的道路。目前，唐山校区学生早已上万，即使赵校长富有智慧，这十年里的艰辛坎坷也不言自明。今年在金边、在伊斯坦布尔、在贝尔格莱德旅行时，我俩喝了不少酒，感激彼此的成就。在塞尔维亚，临别时酒酣相拥，我偷偷往他牛仔裤后边兜里塞了只煮熟的螃蟹，本来只为搞笑，可转念一想，这是一"腚"红火啊。这十年，每一位远方的校长，都像新立一样，在不同的地方，用热爱和汗水辛勤地播种，让远方在一片又一片陌生的土地上生根、发芽、开花、结果，漫长的时光成就了今天的远方。

再说幸福。我们穷尽一生的时间只为寻找爱与被爱，寻找幸福。

《远方有我》里面文章的作者高沛和赵宇威，当年上课时，跟我关系都很铁。高沛后来是上海交大和早稻田的双硕士，赵宇威在澳门大学毕业后，去了多伦多大学深造，这都是我所知道的。在后来那些稀松平常的日子里，大家各自忙碌，少有联系，直到2019年初的一天，我吃了大瓜——他俩竟然混到一块儿去了，还说感谢我做了媒人，要请我喝喜酒。这又一晃，他俩的小棉袄都两岁半了。看着朋友圈里他俩带娃旅行的照片，脸上写满了幸福。他们的故事和姻缘，只是众多远方弟子的缩影，那些年轻的生命都在不同的地方找到了自己喜欢的人和事情，过上了快乐的生活。我想，他们今天的幸福，会不会和我在远方课堂上往他们心里装进了无数美好，告诉他们要去追求美好，有那么一点点关系呢？

远方总部有很多年轻人，或者说几乎全是年轻人。在这个匆忙浮躁、急功近利的年代，远方的年轻人朝气蓬勃又成熟稳重，志存高远也脚踏实地，他们在年轻的吕总的带领下，全力以赴，勇往直前，攀登一个又一个新高峰，远方的办公楼里总是忙忙碌碌，也总是欢声笑语。好多职员，毕业后就来到远方，在远方快乐地工作，在远方成了家，有了孩子，也把远方当成了自己可以长期托付的事业。他们眼中的光芒和脸上的微笑，给全国的远方人以温暖、以诚信、以踏实、以希望。

远方文学从1999年诞生起，始终优雅而有尊严，我们坚持品质，坚持操守。总部与校区、校区与家长、老师与学生、领导与老师、老师与老师之间，极少有矛盾，大家彼此理解，彼此包容，彼此支持，所有人都精心呵护着这种融洽，精心呵护着远方。我时常在远方校长和老师的朋友圈中看到各地家长对远方的赞誉，字里行间洋溢着他们对远方的爱和信任，说是远方成就了自己的孩子。我想，25年来，何尝不是每一位学生和家长成就了远方啊。所有的人都能被理解，被尊重，都能感受到学习、工作和生活的快乐，我们能拥有这样的事业就是幸福。

最后便是未来，这仍然是一个关于时光和梦想的话题。

这两年，逐渐有弟子跟我说，他们的孩子也上远方课程了。我听到后，既感到过往的久远，又看到未来的切近。那些欢蹦乱跳的年轻生命啊，他们都是我学生的孩子，我都当师爷了。他们的爸爸妈妈肯定会给他们讲老寇的故事，他们在远方见不到老寇，但肯定会像爸爸妈妈热爱老寇一样，热爱他们的远方老师，因为远方从未改变。他们会在远方的人文气息中长大，长大后去寻找幸福。

这几年，我已经不怎么参与远方的管理工作了，今年秋天更是彻底地退了下来。我深知，只有年轻而优秀的管理者才能把远方推向新的高度。吕总还是我的助理的时候，就跟我提起，要建设百年远方，这是我之前不曾想也不敢想的。中国很少有百年企业，我自然也不奢求。但是吕总坚定不移地要把建设百年远方作为目标，我想，有梦想才会有斗志，有斗志才会有未来，那就全力以赴吧。为此，我到新加坡后，车牌号特意选了2099。还有75年，如果到了2099年，远方真的还在，我相信，每一个今天曾为远方挥洒过汗水的人，那时都是夜空中最亮的星，我们将一起在苍穹中微笑。

其实，百年只是一种愿景，一个方向。远方能不能百年并不重要，重要的是，我们在无数年轻生命的心里埋下美好的种子，帮他们浇灌出梦想之花，让他们结出幸福的人生果实。每一个孩子的未来，都是远方的未来，他们生生不息，远方便生生不息。如此说来，远方甚至不止百年。新加坡鄂校长的车牌号选了2999，他说要干一千年。

写这篇序言的时候，新加坡第二校区已经开始装修了。同时，我正在给鄂校长画大饼，说新加坡干好了以后，再开到吉隆坡、曼谷、悉尼、洛杉矶、温哥华……鄂校长听得两眼直冒火星子。

修改这篇序言的时候，妻子打电话告诉我，笨兔要当哥哥了。我离开电脑，看着窗外雨季的天空，忽觉幸福流水年长。

2023年11月17日写于新加坡
12月3日改于中国台湾高雄

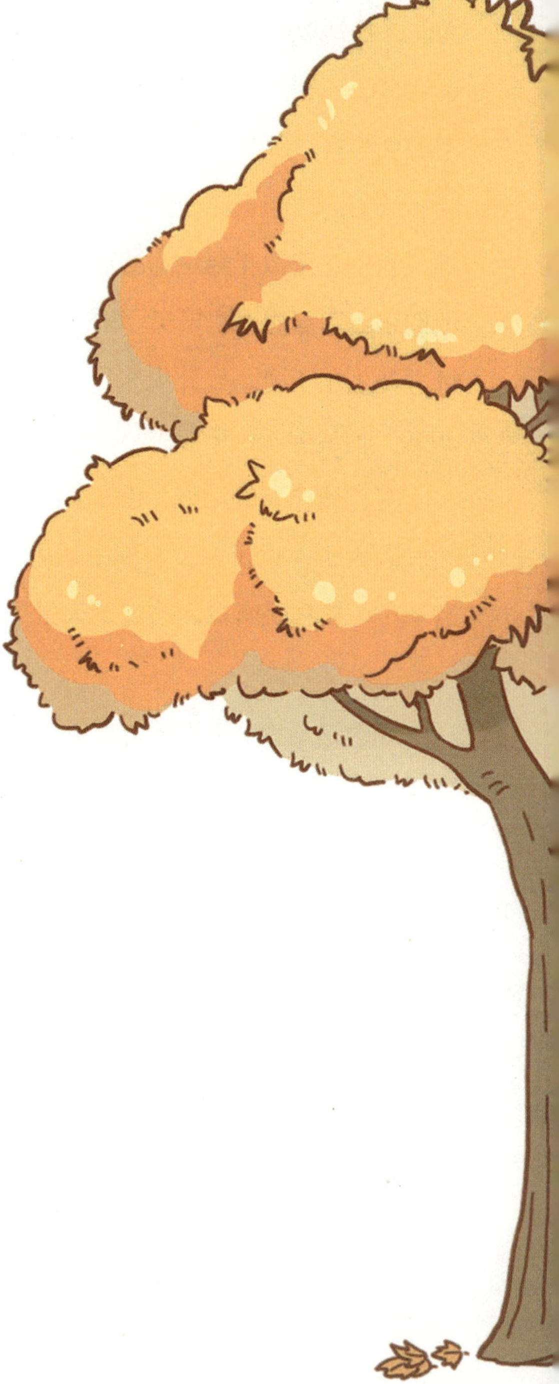

目录

001　　十年记忆 / 高沛

004　　那些年 / 郭嘉昊

006　　那些年 在远方的日子 / 黄苏琦

009　　十年 / 于秩

012　　侠客 / 刘赫

015　　远方依旧 / 裴德明

019　　写给 12 岁的自己 / 陈耀东

024　　记忆 / 付饶

029　　老寇 / 方茂欢

035　　过往 / 张英欢

040　　与年轻有关的故事 / 张康

044　　远处思念自常在 方留清香沁我心 / 庞培

047　　花开的路口 / 刘诗琦

053　　年轮 / 赵宇威

060	文学岁月 我在远方 /	刘洵
062	写给自己 留给远方 /	范婕妤
065	忆远方 自难忘 /	刘立蒙
068	旧时光 /	牛爱迪
073	远方 北方 /	张玉静
078	德国印象 /	富亚睿
083	机场随笔 /	王沐黎
088	那些年 那些人 那些事 /	车赛
092	我有远方 /	李纪姗
095	远方 武汉 /	胡雨薇
098	那些年 /	刘美汝
102	远方人 /	张洁
106	三分之二理想 /	边思敏
109	纪念 /	吕畅

113	小猪的记忆 /	岳子惠
118	远方的记忆 /	赵津
120	走吧 走吧 /	刘杨
125	关于老寇的记忆 /	游家生
128	那些小事 /	张云开
131	十年一梦 /	孙雪梅
134	与快乐相伴的日子 /	张晓宁
137	有关爱 有关时光 /	卫思祺
142	那些年 我们一起去的远方 /	贾钰钊
145	远方不远 /	刘怡帆
149	那些年，我们在远方 /	孙瑞延
152	成长琐记 /	陆翀
157	那些年，我们一起学的远方 /	高婧
160	当远方遗落成碎片 /.	郭仲星

162　　少年的远方 / 郭晓阳

165　　致老寇 / 许颖

168　　开在那个夏天的花儿 / 马卓

174　　不说风月说风云
　　　　　　　——写给我的兄弟们 / 赵丹阳

179　　你们让我青春无悔
　　　　　　　—— 致我所有的弟子 / 寇宝辉

187	再次写给 12 岁的自己 /	陈耀东
192	把酒祝东风，昔时与君同 /	韩释毅
195	发现新大陆 /	孙彬达
198	七年 /	袁玺涵
201	莎士比亚 /	李昌繁
204	威海的雪 /	范馨予
207	你相信光吗 /	胡育菡
211	昨天 /	梁越
215	远方，声声慢 /	高小媛
218	种子 /	王同舟
220	人间词话 /	杜昕阳
223	短暂与永恒 /	毛凌云
227	嫁给幸福 /	孙晓彤

十年记忆

高沛

毕业于早稻田大学

  时间一晃而过，不知不觉，我与远方结缘已经十年。

  十年前，远方还在起步阶段，那时年少轻狂的老寇骑着辆破摩托领着我们一群小屁孩儿游荡在华北油田的各个教室，上课，打天下。如今，天下已定，老寇已为人父，当年身为小屁孩儿的我们也已经长大成人，分散在世界的各个角落，为了自己的梦想而奋斗着。然而与远方有关的美好记忆却并没有随着时间的流逝而消散，经过十年的沉淀，反而如陈年美酒一般越来越香醇，越来越让人陶醉。

  远方的文学课当然是这记忆中最珍贵的部分。我当时参加的课程几乎全部是老寇亲自教授的。至今我还记得老寇穿着他那标志性的马甲，坐在桌子上给我们从神话讲到唐诗宋词，从外国文学讲到阅读理解。当然了，这其中也少不了他自己随堂编的故事以及他自己那正在逝去的青春。那时欢快的课堂令我至今难忘，在学到知识的同时也见证了一个个如今已然变成传说的名词的诞生——"尻哥""厕霸"等等。那时候我们淘气得很，什么坏事都干，印象最深的是有一次在尻哥的带领下我们把老寇新买的夹克上弄满了粉笔灰，结果老寇怒了，我们被狂训一通，可惜效果不显著，该干坏事的时候还是继续无恶不作。我至今仍觉得老寇对我们这帮人有一个特别公允的评价："你们这帮货，要不是学习还不错，以后绝对都是混子。"如今，我们这些学习还不错的混子有些已经工作，有些仍在求学，可是每当我们有空聚在一起的时候，总会去看看老寇，一起回忆一下那些跟着远方上课的日子。

如今远方的"少年行"活动遍布全国各地，而我们那时候只有可怜的西安。2004年，我第一次也是唯一一次跟老寇一起去旅行，目的地就是西安。整个旅途可以用"搞笑"两个字来概括。先是第一天晚上，尻哥一屁股直接把床坐塌了，害得我俩只能把垫子铺地上睡。接下来的几天更是搞笑不断：在城墙上和老寇一起走顺拐，在垃圾桶上打坐，打牌打输了贴着满脸卫生纸，去掀老寇被子不让他睡觉……那次旅行充满了歌声，最后一天尻哥在大巴上说要献给老寇一首《最美》，于是开口唱道："最美不过夕阳红……"这让二十多岁的老寇情何以堪？

十年过去了，我去过很多很多地方，但仔细回想起来，还是那次西安之旅最快乐。2005年出去求学至今，我从华北油田到了天津，从天津到了上海，现在又来到了日本，离家越来越远，回远方见老寇的机会也越来越少。2011年底，我在日本从朋友那听到一个重磅消息——老寇当爸爸了。当时给老寇打过一个电话，可以听得出，老寇完全处于一种亢奋的状态，他当时说："我现在就想跟你们几个喝酒啊！"

今年寒假回国，喝酒这个事终于实现了，而且我还看到了师母和小笨兔。不久之后我即将再次回国，到时候再和老寇一醉方休。

一晃十年，我对远方的情感不是靠一篇千百字的文章就能说清楚的，最美好的东西埋藏在心底就可以了。接下来我要做的事很简单，就是继续见证远方和我自己下一个辉煌的十年。

那些年

郭嘉昊 毕业于北京航空航天大学

　　记得看《那些年，我们一起追的女孩》的时候，内心兴奋激动了好一阵子，我不禁回想起在我年少轻狂的岁月里，有没有过什么激情或者值得回忆的地方。撇开那些习题和幼稚的情感，也许在远方的那段日子能够算是已经泛黄的记忆里一抹鲜亮的颜色。

　　想来自己已经大四了，远方的故事却是发生在初中时代，那个依靠学习成绩就可以使我获得强烈优越感的时代，那些已经过去了将近十年的闪亮的日子。那时候的远方还叫作文学社，我依稀记得从三级开始，我陆续上完了所有课程。我清晰地记得考完试拿到那几十块钱的奖励时是多么高兴，老爹会把钱单独收起来，直到今天，这些人民币还夹在那个记载了我青春的本子里。而如今拿到的奖学金也只是一些数字了，我再也没有了透过信封看毛爷爷的那份热情。那时候在远方会背各种中考不考的东西，后来发现高考的前四道题，16分，竟都是这些在远方学过的读音、成语之类当时认为恼人的东西。

但要说起远方给我带来最强烈的影响，还不是这些知识，而是人。当年去西安，那是老寇第一次带队。那时他还不胖，跟我们在一起的时候称兄道弟地调侃着每一个人。通过这样深入的相处，我更加了解了老寇，感受到了他的那份正能量。在一起的一周里，我们在饭桌上背诗，背不下来就要吃那盘芥末蕨根粉；女生们共同研究一个叫"五十号"的帅气高个男生，争着要坐在五十号刚刚离开的沙发上；我和高雅隔着一个湖发现了余秋雨，冲到他面前留下了一张合影。那张合影里的我是那样的青涩，跑步的汗水还清晰可见。正是在远方的这些日子里，我认识了一个个个性鲜明的人。正是这些班级同学之外的朋友、学姐学长，在后来给了我许多积极的影响。

略去高中不表，在大学里，我是一个工科男，但远方还是或多或少地影响着我。那些年的那些人通过人人网、微博等平台一直保持着联系，有些人也因再也找不到而甚是想念。

在远方的那段日子是我们这群年轻人最闪亮的日子，青春在那无拘无束的日子里尽情地撒野，有数不尽的欢笑和默默较劲。也许那时候会"为赋新词强说愁"，现在想来也不错，至少那时我们还勤快，还有干劲，在愁的时候不会埋头睡觉或者疯狂消费，那时的我们一直朝着远方永不停息。

那些年 在远方的日子

黄苏琦 毕业于中国地质大学

转眼间，远方文学社成立十周年了，我也由一个整天跟着寇头儿嘿嘿傻乐的中学生变成了即将步入社会的大学生。话说回来，我们这些人还是远方的前三批学员呢，应该算是老资格了吧。看着寇头儿已为人父，我们从华北油田那个安逸的小家庭融入了全国各地的大社会之中，心中颇有感触啊。

我记得在高考后暑假里的某一天晚上，和妈妈一起总结着我这十几年里，包括幼儿园在内上过多少补习班，原本她算这个的意思是想看我到底在补习班上花了多少钱。算着算着我妈来了一句："你从头上到尾的课程好像就只有这个远方文学社，其他的全半途而废了！"说来也对，远方不仅是我上的第一个文科类的补习班，而且是唯一一个我上得这么完整的。我觉得这跟远方的老师对于课程的安排和把握有很大的关系，六个级别的课程像六连环一样紧紧相扣，针对教学大纲制定了一个紧贴各个学校课程进度和跟随中考形势的教学计划。现在想想寇头儿可真是聪明。我是从初一开始上远方一级课程的，当时我们的一二级课程是寇头亲自上的，看过老师的安排后当时很是纳闷：为什么所有地方的一二级课程都是寇老师教？连远在河间的课程也是。他不累吗？现在想明白了，老寇亲自把关开始的两个级别就是为了激发起学生对语文的学习热情。这么说来寇头还是个很有远见的商人啊。

　　说到老师，因为自己是理科生，除了寇头儿，我印象最深的就应该是黄老师了。我们这一届是亲眼看着远方从只专心做语文到涉足数学、物理这方面课程的。作为远方数理部的第一批学员，说看着远方成长一点不为过吧。其实早在初二就已经开始跟着黄老师学习物理了，我觉得他和寇头儿在性格上挺像的：都是天生的乐天派，都能用独特的方法让学生对他教的东西感兴趣。即使是物理这种纯科学类的学科，老黄也能以各种奇怪的例子来勾起你的兴趣。我对物理的兴趣就是这样建立起来的。相当亲切的他能很好地和同学们打成一片，这和老寇的功力不相上下啊。

　　其实远方对于我们的影响并不仅仅停留于初中那三年，她在我的生命中一直扮演着亦师亦友的角色，老师教导我们的为人处世的方法和对学习的态度到了高中、大学依然适用。最近远方在我们心目中又多了一个功能，就是让我们这些在外求学的油田的孩子有了一份归属感。以前，学校里其他地区同学的什么老乡会在我们眼里总觉得可望而不可即。在寇头儿当爸爸之际，有同学在人人网上建立了远方公共主页。大家在祝贺的同时发现原来本校也有不少油田的学生,心中的归属感油然而生。再过几天就是我们地大的第一次华油老乡聚会了,真心感谢远方给了我们这次机会。没有小兔宝宝也许我们永远也不会有这次聚会呢。

其实我家和远方的故事并没有在我这终止,正在上高三的妹妹和我一样完成了远方的所有课程,还跟着寇头儿的夏令营去过海南和上海;而现在我上小学的妹妹也开始在远方文学社学习了,相信远方文学社在今后的日子里一定会影响着一代又一代的油田孩子。

十年来,远方关注着我们的成长,十年来,我们也见证着远方由"社团"变成了"机构"。远方的成长仍在继续,我们的成长也不会停滞。相信不管是十年还是二十年、三十年,远方一直都会有我,有我们。

十年

于秩

毕业于哈佛大学公共卫生学院

讲两个关于十年的故事。

2003年6月,一个黑黑瘦瘦的小女生坐在东风中学的操场上,听着两位即将进入顶尖大学的师兄师姐做返校报告。小女生当时心里非常羡慕,很希望有朝一日自己也可以如此优秀,可以有机会把自己的故事分享给学弟学妹听。于是她暗暗许下了这个鼓励了她十年的心愿,那大概就是所谓的少年梦想吧。

可惜小女生在漫长的中学时代都很不懂事,一直眼高手低、好吃懒做,还不太靠谱。愿望很丰满,现实很骨感,虽然也得到过老师的赞赏、同学的羡慕,可是她总是感觉做不出真正可圈可点的事情。

好在,她从来没有放弃过。

后来，小女生上了大学。实迷途其未远，觉今是而昨非。小女生在大学时代努力学习，认真生活——她开始有了令自己骄傲的成绩和荣誉，开始渐渐褪去了稚气。

故事的最后，在不多不少正好十年的时候，小女生也被叫回了东风中学，做了她渴望多年的返校报告。

心愿，真的是用来实现的。

这是我的十年。

我叫于秩。十年为一秩。爸爸说，我希望你能日拱一卒，不期速成，等长时间——比如十年——之后，你再回头去看结果。

第二个故事比第一个故事传奇得多。

2002 年的暑假，那时远方青少年文化培训中心还叫远方文学社。那期课程极其成功，至今仍被我们所有人称赞；那年，远方和寇老师的大名在华北油田的教育圈儿里一炮而红。寇老师说，他的心愿是让远方文学社发展壮大。

我在远方甘之如饴地学习了两年，在开心听课的日子里一天一天长大，积累了数不尽的文学知识，培养了语言能力，后来想想，这对一个人来说，实在是最有用的东西。

之后，红了的远方迅速由一门课、一个班发展成了很多课、很多班，远方的学子连起来可以绕油田好几圈。

没多久，我就开始了漂泊在外的求学生涯，远方与我的生活渐行渐远，而寇老师的心愿就在这段时间里风风光光地实现了，虽然他在背后付出的艰辛我并没有多少了解。

上次回家，读初中的小学妹来找我聊天，我才不无感慨地知道，远方已然今非昔比——不仅出现了连夜排队、一座难求的盛景，而且还发展成为多门学科的教育龙头。前几天我又得知，如今寇老师更是成立了花开远方教育公司，一派冲出华北走向全国的阵势，这使我不得不再次惊叹于十年的力量。

这是远方的十年。

爸爸用十年作为时间长的例子。曾经，我也以为十年很长，努力十年很辛苦；但当心愿得偿，回头再看，当下和回忆里，唯有满满的美好。

你也许个心愿吧！看十年之后，它是不是美好地实现了呢？

侠客

刘赫 毕业于清华大学

本来好不容易起个大早打算写点作业,但是翻开书包前拿起手机登录了人人网,看到了老寇分享的日志、老寇的状态,看到了下面评论区那一串串熟悉的名字。这些名字的主人,或许我早已记不清他们的面容,但是,这一个个名字让我回想起六七年前的时光,于是我拿起还没拉开拉链的书包,奔回宿舍决定写点什么。

路上,我想起了一个个有关老寇的片段,觉得写出来会无比精彩,但是下笔之时,却又想不出如何把它们拼成一篇文字,记录下我所认识的老寇。

第一次见老寇是在远方的试听课,讲的是《诗经》。

老寇走进教室时，我的第一反应是：少年宫的工作人员来修窗户和空调了。没想到他把一本薄薄的远方一级课本往桌上一扔，便开始讲课，过程中却一眼也没看过课本。我还依稀记得课程的内容是"文字的产生""诗歌"和"《伐檀》"，班上的同学都被他一组一组地编排到那个遥远年代的故事当中。老寇是我见识到的第一个如此和学生开玩笑但是学生却无比开心的老师。我觉得，当时绝大部分人的心都被老寇俘获了。

老寇说他不喜欢看武侠，琼瑶却看了不少，席慕蓉的诗背得滚瓜烂熟，但我还是觉得老寇像一个侠客，无比潇洒的侠客，正如他喜欢的李白、苏轼和陆游。说起席慕蓉，似乎是在讲当代文学的时候，老寇脱口而出的《七里香》，让我顿觉他无比高大，之后我还特地找过这首诗，也想背下来，但最后还是没能坚持。

说老寇像侠客，其中一个原因是大侠一般都喜欢没事来点酒，老寇有时候是微醺着来给我们讲课的。在酒精的作用下，老寇的诗词讲解渐入佳境，情感分析细腻真挚，达到羽化登仙的境界。记得在讲陆游和唐琬的故事时，老寇的讲解让我觉得这个沈园中发生的是我所听过的最凄美的爱情故事。老寇喝酒，还在文章里写。一篇附在教材后面的老寇的文章我看了好几遍，内容大概是：高考之后老寇自己拎着一捆啤酒跑到学校里喝闷酒。我还记得里面的一个短语"泛着泡沫的青春"，虽然现在看来没什么，但在当时让我第一次朦朦胧胧感觉到青春的含义。侠客不只喝酒，还很率性。老寇在西安的冲冠一怒，当时让我很害怕，但如果是现在，我肯定冲在前面替寇头把那个人干掉。另有一不可考的老寇于少年宫力挫小流氓的故事，我也没向当事人求证过，不知老寇当时是不是真的如此勇猛。侠客嘛，还都有点不拘小节，老寇坐在椅子靠背、脚放在椅子面上讲课的姿势让我至今难以忘怀。

其实上面都是闲扯，我觉得老寇像侠客，最大的原因是我觉得他和这个社会上的大多数人有着一些不一样的东西。很少有人向我讲述美好，告诉我追求美好。别人告诉我的都是背课文、考试、得高分，而老寇讲古诗最爱说的就是古诗中美好的情感，并让我们去体会、追求。所以我到现在记得最清楚的不是中考高考前背的那些东西，而是在远方学到的、为了追求美好而背的古诗文。因为远方和老寇，我当时还有一个理想是考上北大的中文系，虽然现实最终把我变成了一个工科男。很少有人会为了自己的兴趣而放弃铁饭碗的工作，老寇却做到了。这种理想主义的情怀我觉得像陶渊明吧，虽然我知道寇头儿你不太喜欢陶渊明。

偶然在人人网上看到远方的主页，看到"寇小辉"的照片，突然发觉这么多年过去了，老寇也从二十多岁的小伙子变成了父亲，从一个风流倜傥的青年变成了微微发福的青年；我们也从华北油田的家中走到了全国各地和世界各地。不过我还记得老寇所讲的那些故事，记得你那个外号叫"殿硕"的同学，记得你讲古诗时背一句讲一句的超强记忆力，记得你开着长城吉普到学校送每一期的远方报纸——虽然现在已经换了新车，也记得你告诉我们要追求美好和幸福。

最后祝笨兔健康快乐成长，也希望远方越来越好，老寇继续风流倜傥！

远方依旧

裴德明

毕业于厦门大学

多日不上人人网，一登录就看到老寇抱着小寇幸福傻笑的头像，我又想起了从前，想起了那个在讲台上肆无忌惮、口若悬河的老寇。

远方不远 回忆依旧

"大家好，我叫寇宝辉，给大家上第一节课……"双手插兜，略带痞子气，又有着三分喜感的老寇就这样出现在我们的面前，有着一些老师的威严，但更像是一个朋友。

"……我告诉你们，我当年政治肯定是分数被黑了，没听过课的人都能考个90多，我居然70多分……差1分啊！差1分啊就！所以我只能去上沧州超级师范大学……"夸张愤慨的语气和相配合的动作，对于那个时候的我们来说，颇具吸引力。老寇以他的方式很容易就把我们拉进了他的世界，当然，最重要的，是他把我们带入了文学的世界。

"参差荇菜，左右芼之，窈窕淑女，钟鼓乐之……这句话就是讲那个水草左一把右一把地采啊，帅小伙追求美女咋办呢？他就弄了几个破铜烂铁堆在岸上，然后噼里啪啦地敲啊，取悦美女……"每一次颠覆性的诠释都会引得全班哄堂大笑，但是同时我们也将诗歌欢乐地记了下来。老寇用他的机智和幽默，让仅仅初一年级的我们领略了诗歌的美和乐趣，并且为以后其他诗歌的鉴赏理解打下了基础。

就是这样的老寇，用他广博的文学知识熏陶着我们，用他机智幽默的语言吸引着我们，而当我们在不知不觉中走出远方后才知道，老寇教给我们的不仅仅让我们一时受益，更让我们拥有一世的积淀。

远方不远 情谊依旧

前段时间在人人网上偶然得知小寇出生了，兴奋的我立刻拿起手机给老寇发去了来自厦门的问候和对小寇的祝福。想来老寇已经是30多岁的人了，事业在奔跑，感情却像在闲逛一样不紧不慢，小寇的出世也着实让我们替他高兴。

离开远方已经六年了，我问老寇：还记得我吗？老寇回：当然记得，印象很深刻呢，有时间回来玩玩吧。看到老寇的短信，让我感到似乎一切都没有变。远方，从最初的一个小文学社，发展到现在的全面教育机构，而老寇也将座驾从破摩托换成了宝马良驹，但是感觉他依然如从前一样，对我们就像是朋友那般亲切。远方是为数不多让我有归属感的地方之一，在我心里，远方还一直是那个小文学社，还一直是一屋子人对着老寇听他一个人挥洒，满载着一屋子欢笑。

师生情，友情，兄弟情。在那个时候我们的眼中，老寇跟我们一样桀骜不驯。随着我们逐渐长大，老寇又如导师一般，用比我们更多的经验和成熟的思考告诉我们礼义廉耻。远方的每一步，我们在远方的每一点成长，都有着老寇的影子，甚至多年以后我在给小孩做家教讲课的时候，都会带着一些老寇的腔调。

年前，收到远方的龙年明信片，我很是高兴，这让我感到虽然已经走到了大学，但是远方还在关注着我们，让我感到自己并不是远方的一个过客，而是老朋友。

就是这样的远方，这样的老寇，身体力行地影响着我们，让我们已经走出远方的人知道，远方还在，情谊还在。

远方不远 芳香依旧

远方于我的影响不仅仅在于文学的积淀，更多的还有做人做事，从高中走入大学，这种感觉越来越强烈。渊博、坦荡、快乐，这是远方的目标，也是我的目标。学识渊博，为人坦荡，心存快乐，远方从三个方面教会我们以后的路自己要如何选择，如何为人以及要有一个好的心态。

大学就是半个社会，从进入新环境到得到周围人的认可，需要的不仅仅是做事的能力，更多的是一个人的态度和品行。想要成为领导一方的人则更是如此，如何服众，如何凝聚其他人，都要看一个人内在的积累。记得老寇在远方最后一节课上告诉我们，远方能教给我们的其实不多，更多的需要我们在以后的生活学习中自己领悟，做人做事都不是背诗歌这样的简单，但是你们这样坚持到最后的态度会让你们受益一生。而现在的我就是得益于这样的坚持和在远方学会的态度，比其他人更快地融入了大学，更好地在大学学习和发展。

现在的我是学校学生会和艺术团两个部门的部长，同时也在辩论队，很累但是很充实。工作学习之余，还依然会看看《诗经》，背背唐诗。有时候想一想，觉得真正让我快乐地学习的时间，就是在远方的时候，我会用一天时间背《琵琶行》和《长恨歌》，会静下心来读老师推荐的书，而这些在大学中却成了一种奢侈。至少对于我来说，总会被这样那样的事情缠绕着。但是有一点，无论什么时候遇到什么事情，我都会乐观面对，坦荡做事。

谢谢老寇，谢谢远方，谢谢一路同行的朋友们。

写给12岁的自己

陈耀东

毕业于纽约大学

12岁的陈耀东：

你好啊！

我是22岁的陈耀东，我认识你的。

很抱歉，一直以来只能留给你一个背影，匆匆忙忙地往前走，从来没有回过头对你微笑或者拉你一把。真的很抱歉。我知道你很想知道我是什么样子的，我知道你很想知道我现在过得好不好，我知道你想知道的关于我的事情有很多很多。

可我还是想先说说我所知道的关于你的事情，因为在你身上发生的事情，你遇到的人，可能连你自己也不清楚他们的意义，他们对你到底有多重要。然而有些事情，有些人，他们促使你从量变到质变，他们是沉淀在你内心深处的琥珀。请允许我拉你的手，踏着流水走回从前，去看曾经流过的一点一滴，去看以后将有的月月年年。

12岁的你成了远方文学社的一员。当池哥向你描述远方的时候，你很兴奋，就像向往远方一样向往着"远方"，你高高兴兴地来到远方办公室的时候，却一下子感到很紧张，摆弄着衬衫的角。那年的老寇气场很强，瘦高的身材以及言语间的霸气，再加上池哥之前的描述，使你一下子像见着了偶像一样，不知道张嘴该说些什么。这种丝毫不爷们儿的矜持甚至胆怯持续了很多年，乃至那天向他"借"的几本名著至今都没有还给他。其实你看完那些书了，每本书都很认真地读完了。有一次上课前，你已经细心地把书装进了书包，只是真的不知道还书的时候应该和老寇说些什么。那年你只是在和别人聊天的时候才敢叫他"老寇"，在他面前时只敢说一声"寇老师好"，然后匆匆走过。哈哈，你真的是弱爆了，胆量与身高不成比例啊！你想象着有一天可以和老寇一起大口喝酒、大口吃肉，侃天谈地，挥斥方遒。今年我已经替你做到了，你一定很开心吧。

你是从二级开始学的，是班上最小的一个。五年级的你和初高中的学长学姐以及六年级的刘星池坐在同一间教室里听老寇讲苏轼，讲陆游和唐琬，讲莎士比亚，讲堂吉诃德……此前从未接触过文学的你，发现文学真的很有意思。你知道了文学不只是"床前明月光"那种小学生必背的古诗词，文学有自己的故事和自己的喜怒哀乐。一节课接着一节课听下来，虽然还是有许多不懂的地方，但你已经深深爱上了文学，这是一种无法逆转、无可救药的爱。有时我的脑海中依然能浮现出这样的画面：阳光明媚的午后，老寇左手背在身后，右手举着他自己编写的教材在教室里踱步。你坐在少年宫教室的后排，手托着腮帮子，盯着课本一个字一个字地看。光柱从窗户透射进来洒在你的身上，夏日的微风

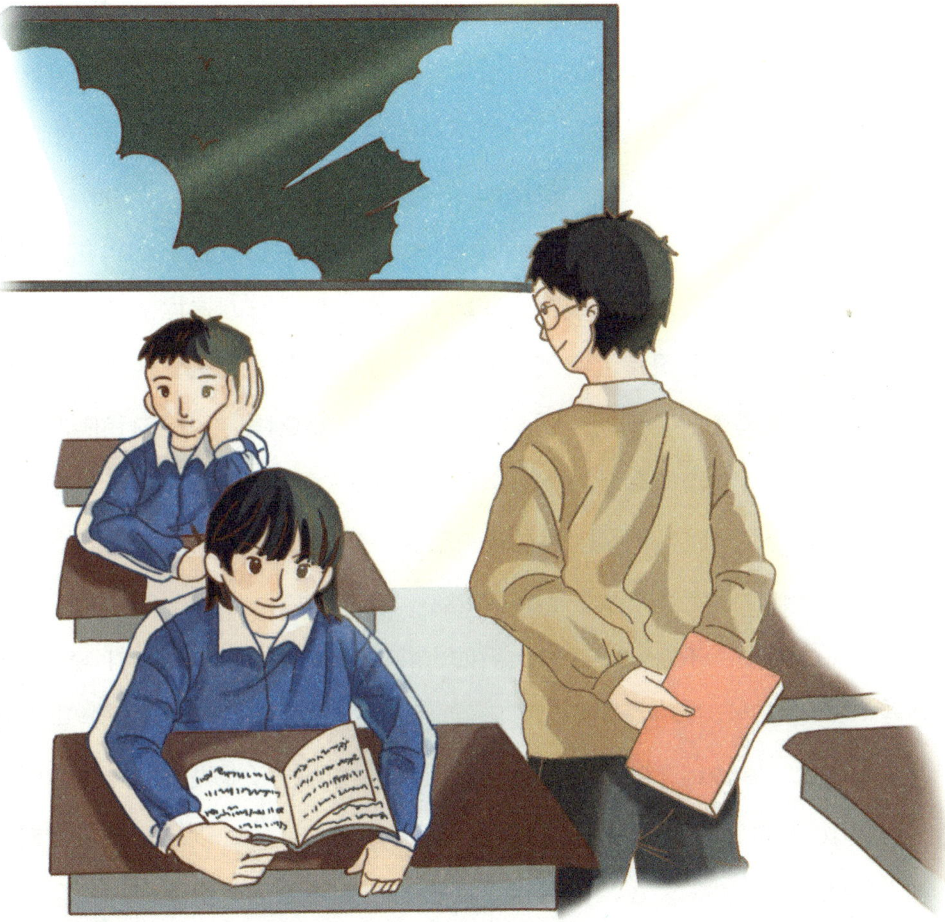

扬起了泛着金黄的尘埃。我很荣幸我的生命中曾有过这一个美好的瞬间。

因为这份热爱，你每次下课回家都会在自己的房间里背诵诗词，让妈妈检查，错一个字都要再背一遍。你写了很多篇作文，把其中你认为最好的拿给爸爸修改，然后投给远方。当你拿到印有你写的《小公鸡请客》和《听听那冷雨》那两期报纸时，你激动得话都不会说了。后来《远方如何》出版时你惊讶地发现老寇在序里提到了你的文章，你恨不得向每个人都炫耀一下。再后来，你和远方一起去北京参观现代文学馆，去西安参加美文夏令营。你结交了许多好朋友，你们一起给途经的每一座山、每一条河都起了温暖的名字，你们一起在火车上、汽车上和老寇一起轻声唱着或咆哮着动听的歌。当远方的课程学完后你已然发生了质变，在远方的课堂上学到的东西成为你以后在语文这个科目上令人羡慕的筹码；在老寇身上学到的东西，你终生受用。知道吗，现在的我作为一名理科生在一个工科学校里就读，但依然是一个感性大于理性、浪漫多于严谨的人。有人问我为什么，我告诉他，因为在我的家乡，有一个远方文学社，我是它的社员，文学社里有一位寇老师，我是他的学生。

逝者如斯夫，不舍昼夜。长大后的你将会受姚明的影响开始打篮球，你也会爱上足球，你会谈一次恋爱。眨眼间，十年就这么过去了。这十年里，你加入了校篮球队并取得了不错的成绩，你崇拜的姚明已经退役。你热爱的荷兰球队在2010年与世界冠军失之交臂，你和那个女孩分手了，偶尔也会彼此祝福。这十年像是一个梦，梦里，你我走了很长很长的路，从梦里醒来，我还是在自己的床上，你已经不在了。现在，我的生活谈不上很好，倒也不坏。有一段时间，我贪恋着那些其实并无多大意义的曾经，因为曾经辉煌过，而现在却平淡甚至有些平庸。我没有挺起胸膛前行跋涉，而是回头凝视着身后的背影，这使得我一度停滞不前。直到一次和老寇谈话时，老寇告诉我说，在这个世界上，没有什么东西可以永远保持崭新而又干净的样子，一朵鲜花、一个年轻的生命，都会逐渐老去，不再新鲜。我终于明白，我乐于守望过去，只是因为这个过去离我很近很近而已；我不敢展望未来，只是因为那个未来离我很远很远而已。那些过往记录了过去的执着与悲喜，不管好坏都已成为我的经验与回忆，何必非要搬起沉重的东西来做自己的负担呢？所以说，只要珍惜就好，只要有所成长就好。既然选择了远方，便只顾风雨兼程。如果22岁的我连这些都做不到，还怎么好意思去嘲笑12岁的你没有勇气呢，对吧？

  我想告诉你，你是个善良的孩子，你知道这世上总有些事情是要去相信而不是去查实的。比如英雄、勇气、牺牲、尊严和善总胜于恶。你是个豪爽的孩子，你总是嚷嚷着抛头颅兮洒热血，望美人兮天一方；可你也是个胆小的孩子，有时候会因为一些挫折整个人都蒙上了灰色。我希望你记住，如果黑暗有理由，那么，光明也一定会有。你想要做一个渊博、坦荡、快乐的人，看看我吧，你做到了。

  谢谢你曾经那么努力。

  我会继续加油。

22岁的陈耀东

2012年2月29日

记忆

付饶

毕业于河海大学

去年 12 月 15 号那天惊闻小寇降临，人人网上被这条消息和各种关于老寇的文章刷了屏。我也开始努力回想，回想那些年我们回不去但美丽依然的青春。

初识老寇那会儿，还没有远方。未见其人时，从名字判断，认为他应该是个三四十岁的中年男子，讲着中规中矩的文学课，也许会无聊到让人想要昏昏欲睡的地步。

其实那年他才 20 多岁，还没有发福到现在的地步，虽然不帅但也勉强算玉树临风了吧。后来的学生也许都不知道他那时的模样，但他那个时候的形象早已深深印在我们心里。如今，我也 20 多岁了，时光荏苒，令人唏嘘不已。

老寇谈吐幽默，上起课来绘声绘色，早就对文学颇感兴趣的我就这样被他拖上了"文艺"的不归路。时至今日，身边的同学惊讶地对我说"原来你是文艺青年啊"，我莞尔一笑，其实已经"文艺"很多年了，那个时候"文艺"这个词还很少被提及，那个时候我才13岁而已。

说实话，老寇真的很有才华，文章写得真好。上小学时有在报纸上看到好文章就剪下来贴在本子上的习惯，那个时候的报纸主要还是《华北石油报》，我发现无意中早就收集了他的很多篇文章。

整个初一的夏天，我都跟随他在少年宫上课，每天中午骑车赶去教室抢前排的座位。那时候对这种占座位的安排非常不解，起初还有些不适应。哪里像今天读完大学继续读研究生的我，对于教室占座儿早就习以为常，只不过早已不再像当年一样抢占教室的前排。

老寇讲课讲得很精彩，我至今都记得邻桌同学听得两眼放光的样子。我想我当时也一定是那样的。他很亲切，一点儿不像老师，课间他都会跟我们聊天，逗得我们哈哈大笑。关于上课的段子，至今仍然记得他背着手在教室里一圈圈地走，用奇怪的停顿背诵《炉中煤》，"啊，我年青的女郎"。大家在下面笑成一团。他很喜欢《再别康桥》，受他影响，这也成了我背得最熟的一首诗，直至今日都可以倒背如流。

再后来，到了我的叛逆期。很不幸，我所谓的叛逆，全在他的课上。其实我一直是个乖孩子，可不知怎么的，就喜欢在他的课上捣乱不听讲，记得他扬言要把我的脑袋拴在电风扇上。而事实上老寇一直都是我打心眼里佩服崇拜的人。

初三那年的暑假他率领我们一起去西安参加美文大赛,我们十个人应该是他带队远征的第一批学生。后来《远方》出了期特刊,把我们几个关于这次旅行的文章集结发表。其中也有老寇的一篇,那篇文章写得辞采飞扬、豪情万丈,让人不由地钦佩。那张报纸被我收藏在书柜里的某个角落,应该早就泛黄了,而现在突然很想把那份报纸翻出来看看,也顺带回忆一下年少青涩的自己。

去西安要到北京转车,有半天的空闲可以在北京玩,老寇说咱们去天安门吧,我们都不想去,于是他说那咱不去了改去中山公园吧。到了才知道中山公园就在天安门边上,后来从中山公园走去东单还是路过了天安门。看吧老寇,从那时候起你就是个骗子。我们上了大学之后你总说请我们吃饭,骗了我们这么多年到现在都一直没请过。你自己看着办吧。

不过那真是一次难忘的旅程。主办方发的红色的难看的蚊帐一样的T恤,老寇却要求我们必须穿着,拍出来的照片证明如此整齐划一的着装确实是一道美丽的风景。有他在从来不缺欢乐。每次在大厅吃饭,我们十一个人围坐在一桌,总是最热闹、最惹人侧目的。各种段子已经忘了,但就记得天天咧着嘴乐来着。还有印象的,是他那时总背的那首《一棵开花的树》,被我们改编成各种不同的欢乐版本。现在看到这首诗,还是会想到老寇,想到一起去西安的朋友们,想到那个遥远得有些模糊却总是闪着金色光芒的夏天。

高中的时候我背井离乡,也就是从那个时候起,老寇开始在我的生命里扮演着相当重要的角色。偶尔感到压力大有些累的时候会打个电话给老寇,他三言两语就把我的那些负面情绪一扫而光,让我挂了电话还能再傻乐一阵。那时他开头总叫我"败类""笨蛋"之类的,有日子没跟他联系了,也好久没有人这样称呼我了。高中里的重大决策我都打电话征询了他的意见。高二分文理,我选了文,这是他极力推荐并支持的。现在想来,这应该是目前我这辈子做得最正确的决定。

高考前一天的下午,我在看考场,他正好打电话问我状态咋样。他给我规划着,语数外各考120,文综考240,这样就600了,应该没什么问题。可是,结果却很有问题。

我告诉他悲惨的估分情况后,他给我推荐了一些学校,"实在不行河海也行"。我对我的成绩实在过于悲观了,做出了最最保守的选择,就填了那个"实在不行"。

分数和各个高校的录取线出来的那天,我正好在他的办公室,当我得知人大的提档线比我的分还低的时候,我哭成了个泪人。他用他的经历来安慰我,他说他是凤凰掉落到了鸡的学校,我的境遇比他那会儿好多了。如今想来,我的大学生活相当圆满,相当丰富多彩,我深深爱着我的母校尽管她在家乡那边并不特别出名。现在很想谢谢老寇,他的"实在不行",却也成就了我最美好的一段大学时光。

大学之后和老寇的联系有点少了,有年暑假,我突发奇想去看他,走到他办公室楼下给他打电话问他是否在。他说他正在西安带队夏令营,那时我却刚巧从西安回来。他回了条短信"人生不相见,动如参与商"。我赶紧去百度了一下这句话的含义和由来,暗自佩服,然后自嘲才疏学浅。

后来的后来,就是2011年12月15号那天了。一早看人人网,听说小寇已然降临世界。给老寇发了条恭喜的短信,顺便求请客吃饭。他回复的短信依然言简意赅却霸气外露——准。

现在我在想象小寇长大成人的样子,一定会有老寇年轻时的影子,也许会有些锋芒毕露吧,但只有才华横溢的人才会露出犀利的锋芒,不是吗?但无论怎样，小寇一定是个很幸福的孩子，在看了老寇写给小寇的欢迎词之后我更加笃信这一点。

一晃，我们到了当初认识他的时候他的那个年纪，20多岁，意气风发，指点江山，挥斥方遒。就算我现在很乖，但骨子里多少还有着年轻人那种追逐梦想的激情和对于现实愤世嫉俗的不满。20多岁的我没有像他那样才华横溢，但也在自己的生活里磕磕绊绊地前进着，正如那个时候的他一样。

现在的我也偶尔会迷茫偶尔会困惑，但我知道如果我问他，他一定会笑着跟我讲，幸福在远方等着你呢。

那天中午给老寇打了个电话，他已经笑得合不拢嘴了。同志们应该能想象到他咧着嘴傻乐的样子吧。我说自从小寇降临，大家都开始拼命回忆你，写各种文章给你，他说那你也来一篇呗。

好吧老寇，我写完了。那些跟随你上课的日子有很多很多的段子，但都被时光偷走了，逐渐抽离成了这样有些支离破碎的记忆。没有华丽的辞藻，但字字发自肺腑。洋洋洒洒了不少字，我还是言简意赅地总结一下：你对我们如此重要。

老寇

方茂欢

毕业于清华大学

1

第一次上远方课程，我抱着尝试的心态一个人坐到第一排，回头一望，空空荡荡的教室，摆放得并不整齐的桌椅中散散地填了十几个人。我就带着一种空旷旷的感觉开始了远方的生活。

老寇很洒脱，右腿压左腿，身子向椅子背一靠，左手在桌子上一点，就上课了。我又瘦又小，又坐第一排，正好形成一个仰望的视角。他的视线并不常落到我的地方。我看着他各种夸张的动作。老寇很损，每讲到一个故事，总是神秘地一停，扫视一下教室，然后故事的主人公就变成了在座的某位同学。欢乐不断，我回头看笑声最强烈的地方，三五个男生开心地拧成了一团。

我也跟着乐，不过心里并不开心。下课后收拾书包走人，这个教室我好像压根就没有存在过一般。

甚至教室后面那只鸽子都更受喜欢，老寇停顿的时候，总是伸出手指："看，它又来了！"

2

我很少在课上看到老寇痛苦甚至偶尔忧愁的表情，即使这么大的教室只有这么几个学生，他也能兴高采烈地扯文学，扯人生。

我开始认为这个外套总是不系扣的人是与众不同的。年轻时，他可以喝醉，可以把酒瓶砸向教学楼，然后扶着树干吐满了很多树坑。

他可以经常发泄，但他不喜欢忧心忡忡。他好像很少忧虑什么，总是挥挥手爽朗一笑。我不掩饰对他和文学的崇拜。我想我很希望成为像他那样的人。

我开始将上课的笔记工工整整地誊在一个新本上。当他阴阳怪气摇头晃脑地将一首枯燥的古诗演绎得惟妙惟肖时，我开始觉得如果能把这门课学好，学出像老寇一样的这般感觉，那该多好。

我的心慢慢平静了。一次上课时老寇说："远方考试第一名奖钱，三百！《孔雀东南飞》要考，不过我估计你们也背不下来。"一种斗志由内向外弥漫，让我咬着牙硬把这首最长的诗塞在了脑子里。

结果自然非常完美。老寇不仅兑现了承诺，也开始在课上拿我开涮了。我很开心，同时有了一种感觉，一种之后我发现应该成为个人素质的力量。老寇说："有了也没什么，缺了就不得了。"

3

老寇打电话说让我跟着他去上海玩，我乐疯了，从小到大，没有跟着同学一起出去过，也没有去过这么远的地方。

不过油田各个学校的人都有，除了几个活跃的，有些人总感觉说不上话，尤其是女生。火车时间很长，我就拿出一本篮球杂志窝在卧铺上乱翻。这时老寇过来，照着我脑袋上一巴掌，你小子，好好的时间看这个，下去找同学玩去！我这才有些不情愿地把书收起来。

餐车吃饭很挤，我只能和两个女生坐在一起。不知怎么交流，就手忙脚乱地吃鱼；结果还不会挑刺，引得她俩呵呵地笑个不停。老寇说我有些东西需要加强，我虽然明白，也没觉得是什么大事。

4

作文大赛只有参与奖，我失落不已。我可是作文上书的人啊！老寇倒是没说什么，我想莫非是我自己太高看自己了？老寇有一件事和我拗上了。他执意让我上台演节目，我觉得底下那么多女生和陌生人，怕演不好丢人，于是死活不肯。老寇放出话来，没商量！我寻思是不是节目太少啊，多大一点事搞这么隆重。结果终究未上。

老寇自己唱了两首歌，其中一首是《光阴的故事》。歌词是这样的："流水它带走光阴的故事，改变了我们，就在那多愁善感的初次回忆的青春。"

老寇唱得异常深情，却严重跑调。我偷偷笑了，我唱得比他好多了。我不禁为我的矜持而自豪。

老寇带着我们游东方明珠、黄浦江，看那些任丘看不到的美丽风景。一次坐车途经华师大时，老寇手一指，快看看名校的样子！我看着那道大门迅速从眼前划过，一股文化气息仿佛扑鼻而来，心中禁不住升起一种淡淡的渴望。

返程的火车上，我们几个男生在餐车里争着抢菜，不经意间抬眼，老寇坐在一旁，像位哲人一样露出了笑容。

老寇不常带我们了，远方的事业在不断变好，教室大了，人却拥挤了。老寇不教课的日子，我的心开始浮躁。

上课并不是期待了，在周末的下午，能和哥们骑着单车，聊着文学创作，聊着友谊，在淡淡的光线中向远方的课堂行驶，才是我心中最认可的一道风景。

5

转眼高中将逝，远方的日子早已渐渐远去。在分数面前，我觉得我开始变得成熟了。

有时我会想起老寇，那个潇洒着不系扣子的人，我曾经还很崇拜的人。我会苦笑，和辛勤的自己比起来，他的青春貌似十分颓废。

他的身上貌似没有那么多值得我去学的，有些或许还是误导。我开始为我的成长而得意，他不再是我今后的人生偶像。

考学的压力很大，我开始在时间上精打细算。慢慢习惯做一件事反复考虑机会成本，我觉得我很聪明。我开始很少做那些获益不大的事情，以前爱看的文章和书渐渐消失了。

我在图书馆过得筋疲力尽，有时头发蓬乱着。慢慢地讨厌了多说话的感觉。听到理想这样的词汇时，我不再感觉兴奋，反而无比厌烦。

不现实的东西多说无益，一张录取通知书，才是最好的王道。

我考得非常好。我非常骄傲。很多人夸赞我。我再次认可了自己的认可。

6

上了清华后，我发现这所大学的负荷对我而言是个重大的负担。我依托巨大的付出获得的东西，想轻易玩转是很难做到的。

从之前的状态摆脱出来需要一段时间，在这期间，我认为错过了很多值得后悔的机会。

生活好像感觉总是处于一种有牵挂的状态。我对很多东西逐渐失去了冲动感，经常会在准备玩得开心时想起 GPA、社工、英语。感觉每天忙忙碌碌，却又没有凹凸不平的新奇感。就像一套黑白胶卷，分不清许多动人与平淡的时刻。

于是想起了老寇和他最潇洒的这段年龄。我突然很想见见他。于是我去找他。

和老寇聊到一半时，老寇很亢奋地喊了一句话，他说中国那么多美景，他要在走不动前转遍中国最好的地方。我听了之后想到了自己和远方的许多故事，便莫名其妙地感动起来。

我开始怀念在远方的日子了。那里有一种活法。

我纠结着挣扎着，然后微笑着不动声色地接受，就像习惯了平时的满足和不满一样。我无法做到像老寇一样喝酒，呕吐，大喊。我感觉好辛劳。

天黑了，点点的街灯，仿佛上海半夜的星火。我好似进步，又好似原地不前。

7

老寇请我们吃饭。我对着他坐，突然感觉自己很拘谨。他瞅着我捂得严严实实的紧身风衣，笑道："搞这么成熟，跟你走还以为你是我哥呢！"我咧了一下嘴。

老寇给我们倒上酒，他说自己高兴，会喝醉。我想说自己喝多了怕胃疼，结果没有开口。

老寇结婚了。他讲他的爱情，讲他如何追他喜欢过的女生。他说，爱情哪里来那么多纠结的事。

我点头。老寇喝一大杯酒，然后说，平时周末，放假多和朋友到处走走，聊天谈心，这才自在嘛！

我抿了一小口。老寇接着说，抽出时间多看点书，文学什么的都好，陶冶一下情操，生活是需要感情的。老寇又说了他和我说过的话，他说他对现在的事业很满意很开心，他会一直抽时间去周游各方。他一直在努力实现着。

长时间，我都在低着头吃饭，却不知道饭的滋味。

我有一种感觉我好像在听他讲课，却只是类似一只落脚的鸽子。我想起了老寇带我闯上海的日子。老寇是个大好人，他教了我好多，我也学了好多，但还是没有学成像他一样的人。

我抬头，老寇曾经洒脱的面庞已有些粗糙。流水改变了他，可终究却也只是侵蚀了外形。老寇才是智者，或许有些东西并不能轻易理解，但我现在终于遗憾自己没能成为他一样的人。

恍惚间，我仿佛又回到了最初那间宽大的教室中，一个坐在前排有些迷惘的少年崇拜地看着那个潇洒的不系扣子的讲师，然后在崭新的笔记本上用力写下——远方有我。

过往

张英欢　毕业于首都师范大学

初中三年

我更愿意从初一讲起，如果说今天的远方已非常成功，我想起点也不应放在 2002 年，而应放在 1998 年钻二中学的小荷，那时寇老师还在钻二中学工作。

"小荷才露尖尖角，早有蜻蜓立上头"，这是当年小荷文学社社员证背面的画面，正面是寇老师为我填写的个人信息，信息自然也记录了我与小荷及寇老师的点点滴滴。

小荷是我报的第一个课外班。学书法、学绘画、学乐器都太贵，家里不舍得让我报，而我为什么坚持报小荷，是学费低，还是寇老师个人魅力大，或者是真心喜欢文学？早已不得而知。但是现在我还能清晰记得，那时是每周六下午在中学的阶梯教室上课。每次我都用很崇拜的眼神看着寇老师在台上声情并茂地讲，下课铃响了还觉得没听够，课后总是会和伙伴们一起找寇老师继续听他侃侃而谈，听到大概五六点，天快黑了，这才匆匆回家。

寇老师的课讲得非常好，他的课堂很吸引学生，学生感觉不到语文的枯燥，反倒产生了学习文学的热情。我已经很多年不上他的课了，但是我还能零星地记起：他让班里同学大声朗读《海燕》，能多大声就多大声，要读到对面三楼办公室的人都能听到；他在讲台上愤世嫉俗地批判某个人，揭露社会的黑暗面；他上课从来不留作业，但是年级第一也总出在他们班；他从不拖堂，哪怕话才说了一半只要铃声一响他都会准时下课；班里调皮捣蛋的学生都被他制得服服帖帖的，但是他第一不收拾女生，第二不收拾成绩不好的，只收拾那些品行恶劣的；他还是一位很细心的老师，班里每位同学的生日他都记得，还会组织一个大的生日 Party，送上自己的礼物，写上自己的祝福；寇老师的字写得很洒脱，字如其人嘛；临近毕业了，他会叮嘱班上的学生：能倾听铃声的日子不多了……

那这三年中，我，收获了什么？

先抛去文学知识不说，一定要说的是一份自信。

那个时候小荷还办了自己的刊物，颇具影响力，一月一期，我们每个月都会争着去投稿，我在《小荷》发表的第一篇文章是《我输给了眼泪》，当我看到自己的文章发表后，我真的好开心，是由衷的喜悦！

春天的时候小荷会组织学生春游，我们那年是去桃园踏青，这不单单是游玩，而是要把在课上学的摄影技术应用到实践中。我当时拿的是家里的傻瓜相机，不过我的摄影作品在后来的评比中获了一等奖，一张是《驾辕之乐》，另一张是《羊群》。我为什么会印象如此深刻，又为什么会说它让我收获了自信呢？

初中的时候我学习不好，校园的宣传栏里留下的会是"三好学生"和"优秀班干部"的名字，从来不会有我的名字。突然有一天，我看到有限的宣传栏里张贴了自己拍摄的两张巨大的照片，心中的自豪感无以言表。评奖是先从成百上千张作品中选出三四十张，再从这三四十张作品中选出五张评为一等奖，最后洗成十二寸大照片进行展览。这五张作品中有两张是我的，我现在还能回想起当时走过宣传栏时那得意的神情。

豆蔻年华里，学生们太需要鼓励了。我想很多同学都会因为某位老师而特别喜欢或讨厌一个学科。毫不夸张地说，很可能因为你的厌恶、你的放弃就毁掉了你的前程，也很可能因为老师的表扬和鼓励让你收获自信，你便爱上了这门课。老师影响你今后人生的选择。我相信每位同学在大学里都收获了一大沓荣誉证书，但你一定找不到中学时代的满足与自信了。

大学四年

这个时候寇老师已不是我的任课老师，昔日尊敬的师长如今已成为我的兄长，我的朋友。

大概是我大一那年，突然接到一个电话。

"英欢啊，知道我是谁吗？"

"啊，不会吧！寇老师，你在哪儿？"

"我在你们学校门口，我来给远方冬令营踩线。"

我是在海南上的大学，那个时候粤海铁路还没修好，来海南只能先坐火车到湛江，然后坐大巴到北港，接着坐船穿越琼州海峡，上岸后再坐大巴，倒来倒去还是很麻烦的，寇哥也是沿着这样的路线到达海口的。他是我在海南见到的第一位"亲人"。见到寇哥我激动不已，他说请我吃饭，我立马选择去海口最贵的"爱晚亭"吃了我到海南后的第一顿海鲜。虽然当时寇哥一直宣称自己很富有，随便点，但结账时看到账单上的数字我还是有些不好意思。于是我在"爱晚亭"的一包纸巾上写下：2005年12月29日，寇哥请我吃海鲜，消费很多元。我写字时心里想着：放心吧，寇哥，等我以后挣钱了一定请你吃大餐！

　　大学期间，寇哥对我的帮助依然很大，他的热情、乐于助人、没有架子在这四年我是感受深刻啊。虽然去海南已经通了火车，可是寒暑假，从北京到海口的票很难买，基本每年我南上北下都要向他求助，他总会大显神通地在我心急如焚的时候把票送到我手里。我记得大二那年南方发洪水，我们的火车被困在了韶关（从广州开出后的第一站）。前方洪水冲毁了桥梁，我们被迫在车上干坐了一天一夜，更悲剧的是最终我们被拉回了出发地广州，而且被无情地轰下了火车。京广线已经瘫痪，广州站人山人海，我们六个穷学生没了去路。情急之下我拨通了寇哥的电话，在他的热心帮助和悉心指导下，我们转战深圳改走京九线，从凌晨到达深圳到两天后离开深圳，我们的生活仿佛从地狱一下步入了天堂，这一切的一切都得益于他深圳的一位同学的周密安排，真的是非常感激。那次回家我们走了整整一星期。

　　我想写这些不是为了颂扬个人英雄主义，不是想夸耀一个人多么高大伟岸，只是想表达自己的真实感受。从他的身上，我切实感受到了"教书育人"这四个字的真正含义。教学生怎么做人，并不是要讲多少道理、多少优秀事迹感动他们，而是自己要为人师表，但愿有一天我站上讲台也能让我的学生感受到我的人格魅力。

研究生三年

机缘巧合，在研究生开学前的暑假我又来到了"远方"，寇老师摇身一变，成了我的老板，我成了他的员工。刚开始工作的时候我会犯各种各样的错误，比如在办公室大声喧哗，比如吃零食，比如在回应别人说"谢谢"时，总是不说"不客气"，而是说"没事儿"。总之，各种细小的疏忽，只要被他发现了，他都会很严厉地批评我。有时会因为他的苛刻而不理解，有时也会很伤感情地想到老寇变了。但事后想想才明白，只有事无巨细地严格要求自己的员工，才能打造一支精良的队伍，树立一所学校优良的品质。寇总和他的员工私下里是很好的朋友，但没有一个员工不敬畏他，我想这就是一个老板的威信吧。

我认识寇总十年了。我现在的年龄正是当年他刚认识我们的年龄。时光飞逝，此时的他已褪去了年轻时的锋芒，但幽默不减当年。曾经的风流倜傥、骨瘦如柴已寻不到踪影，现如今老板的各种特征已无法掩盖。

总之，青春会随着时间渐行渐远，而十年的过往却依旧清晰，因为这十年中有太多美丽动人的故事让我无法忘记，因为我相信下一个十年中会有更多的故事。

与年轻有关的故事

张康

毕业于澳大利亚国立大学

我想说,这是一个与年轻有关的故事,一个纯粹的、张扬的故事。

第一次听到老寇的名字,是阿池同学用那浓浓的大舌头音,向我讲述他最近认识的一个超能赚钱的教文学课的老师。当时阿池跟我算了一笔很清楚的账,说老寇手下有多少个班,每个班有多少学生,每个学生一个假期学费多少,貌似最后算出了老寇一个假期的收入,是我们当时足以张着大嘴仰望的一笔巨款。然后阿池抹抹嘴,又意犹未尽地补了一句,老寇连骑的摩托都是宗申的!当时电视上好像有一个明星代言的宗申摩托的广告做得挺火,于是我们两个连连感慨并认定,老寇确实是一个有钱的人。于是,老寇就以一个教文学的并逐步奔向资产阶级的形象，正式登场。

在随后的一个学期里，我报了当时远方的二级课程。我早已忘记了当时报名的理由，也许是跟风，也许是想上个非数理化的班换换口味，也许更可能是实在闲得无事，纯去凑个热闹。总而言之，我也成了为老寇的财富积累添砖加瓦的大军中的一员。开课伊始，老寇便公布了课程期末的有奖测试，名次靠前的可以获赠名著，成绩前几名的还有现金奖励。在当时，对于一个报了无数课外补习班、兴趣班的初中生来说，课外班的学费向来是肉包子打狗——有去无回，成绩好还能获得现金奖励无疑是闻所未闻。我兴奋之余也不免好奇，便在课间问了问老寇，你这办班还搞有奖测试，又发钱又发书的，不怕赔钱吗？老寇扶了扶眼镜，藏在眼镜片后面的一双小眼睛闪出了些许狡黠的光芒，幽幽地闪出一句："羊毛都是从羊身上出的啊！"他脸上那副"赚你没商量"的表情给我年幼的心灵留下了深深的烙印。直到多年后的今天，我想起当时老寇的表情，心中仍旧是有一万头羊呼啸而过。

关于远方的课程，说来惭愧，老寇教的，基本已经还了回去，唯一记忆清晰的，只剩下老寇手握着麦克风，坐在讲台上讲课的身影。他跟我们讲陆游，讲辛弃疾，讲郭沫若，讲席慕蓉，而给我们这群刚刚进入青春期的毛头小子们留下最深印象的还是那些与他青春有关的故事。那时远方的教材在最后几页的附录里面，收录了老寇年轻时写的一些文章。我一直认为这几篇文章给了老寇相当大的自恋的资本，每次介绍教材时，老寇总是不忘提及"……教材的最后一部分附录是名家名作赏析，大家可以仔细欣赏品读一下……"。而就是这几篇文章，让刚进入青春期的我们，微微品尝到了点关于青春的味道。文章中提及他高考的失利，读师专时候的丝丝迷茫与小颓废，字里行间带着些文艺青年的桀骜不驯与叛逆，都让懵懂的我们对成长与所谓的青春产生了无限的憧憬与期盼。

老寇在课上也常常跟我们讲起这些过往，但是言语神色之间，绝对没有文人的那种矫揉造作，而是带着九分玩世不恭的洒脱，外加一分大男孩的味道。呃，说他是大男孩还是有点对不住事实，还是老男孩更恰当点。那年的老男孩还没有当上爸爸，更准确一点，是当爸爸的影子还没有眺望到，因为那会儿他还是一个结结实实的光棍。之所以要强调这一点，是因为当时全文学社上下全部都为这个已近三十的大龄剩男着急。大家不停地刺激着老寇，说万一我们结婚结到他前面，该有多尴尬。老寇呢，每次被问及这个问题，总是潇洒地说："我这个年龄，要找老婆，上可至四十，下可至二十，老少皆宜！我此等潇洒，是你们这些俗人永远无法体会的！"

一转眼，快十年了，老寇的座驾从两轮的宗申变成了四轮的长城，又换成今天的宝马。娶老婆、生孩子也一气呵成，将当年叫嚣要结婚早过他的我们，远远地甩在了身后。看到人人网上，老寇抱着自己的宝贝儿子一脸当爹的幸福样，昔日在远方的同学都开始纷纷怀旧的时候，我才意识到，我们都长大了。

是啊，都已经十年了，我早已初中毕业，在老寇和远方的陪伴下度过了最叛逆的青春期。读完了高中，经历了最痛苦挣扎的学习生活，而后考上了大学，也曾有过老寇当年的颓废与迷茫。现如今，我又飞到了遥远的南半球继续学习生活。曾经还分不清酱油和醋的我现在也能双手掂勺，逢年过节张罗出一桌子好菜；拿起剪刀推子，也能给同学剪个拿得出手的发型。其实更重要的，是我学会了面对孤独与漂泊、面对陌生的文化与陌生的世界，学会了自己一个人生活。留学一年多，搬了六次家，习惯了居无定所的生活也就可以心平气和地跟别人讲述这种种经历。但是即便是足够坚强的内心，抬头看到国旗旗杆上飘扬的深蓝色的澳大利亚国旗时，我仍抑制不住心中情感的翻滚。此中的漂泊感也许只有经历过的人才清楚吧。

  回首这十年，经历了大大小小的故事，认识了形形色色的人，我才真正开始明白什么叫作成长。潇洒来源于经历风雨后的淡然，精彩需要努力拼搏时汗水的付出。老寇也是经历了足够的辛苦与迷茫，才有了今天的洒脱与精彩吧。

  人们不常说，男人只有结了婚才算真正长大嘛。我们也确实应该感谢老寇的晚婚，他用结婚前"还没长大的岁月"，陪我们经历了最单纯、最张扬的时光，陪我们一起书写了无数精彩的故事。

  当然，故事还远远没有结束，我们还要继续书写下去，继续我们与年轻有关的故事。

远方留清香 思念沁我心

庞培
毕业于上海交通大学

时光飞逝，转眼十年已过。想着当初刚刚成立的远方文学社现在已经十岁了，心中既感慨，又激动。感慨的是那些有远方陪伴的美好年华已一去不复返，只能沉淀在心底成为最珍贵的回忆；激动的是我还可以以远方"元老级"学员的身份来为远方写点文字，做点事情，着实欣喜不已。

说到远方，不得不提起寇宝辉老师。现在想想，当时我们这批采三的孩子真是幸运，深得老寇喜爱，从一级到三级课程都得到了老寇的亲自传授。所以在远方，老寇于我们而言是最亲的人。然而对于我，老寇不仅仅是最亲的人，更是激发与挖掘我的写作能力的良师。我从小就对写作提不起兴趣，再加上看书又少，所以总感觉文思枯竭，甚至有点厌恶写作。但是，当我第一次看到老寇的文章时，我着迷了。文字在他的笔下竟是如此有生命力，时而清新，时而幽默，时而激昂，时而洒脱，实在让人回味。我读着读着，心也跟着柔软了起来。我喜欢如此细腻的笔触，喜欢这笔触下表达出来的如此美好的感情。所以老寇的文章我一篇都没有落下。后来远方还发过很多非常好的青少年文学读物，我也一一读过。

我忽然发现写作也许并不是件令人讨厌的事情，我也渴望能够写出美丽的文字。于是我尝试将自己的心思变得更加细腻，感受生活的一点一滴；我尝试将自己的笔触变得更加细腻，表达内心的真情实感。至于在远方的那段日子里，我的写作水平到底提高了多少暂且不提，但是我的确对写作甚至文学产生了喜爱之情，而这大概也是老寇创立远方文学社的初衷吧。

其实，我觉得更重要的是，老寇给了我们一种精神上的向往。老寇是一个极富人格魅力的老师，几乎当时所有上远方课程的孩子都非常喜欢他。而他在课上不仅仅讲课本，还会给我们讲他以前的各种经历和故事：我们听他讲他上高中当团支书时，代全班向校领导做检讨而滔滔不绝地讲了两个半小时，讲到校领导都哑口无言，而他说自己"是金子总会发光"的故事；听他讲和英语老师作对，在墙上写老师坏话最后被老师严惩的故事；听他讲高考失利，听他讲大学趣事；听他讲当时创业的艰辛不易，听他讲现在生活的富足惬意；听他讲绿荫下的故事，听他讲那个夏天的碎片……总之，他的人一如他的文字，幽默，洒脱；而对于他的生活和经历，我总觉得很传奇，颇有些侠士风范。老寇让我意识到生活得自由惬意是一件多么必要的事情。于是当时小小的我非常向往能够成为一个像老寇一样洒脱不羁的人，或者经历他那样传奇的生活，不过现在看来这并非易事。我始终没能成为那样一种人，也没能再遇到和老寇相似的传奇人物，稍感遗憾。不过当时老寇还给了我们另一种精神支柱，那就是快乐。老寇幽默健谈的能力让远方不仅是知识的课堂，还是快乐的海洋。不管是夏日炎炎，还是寒风凛冽，每次我们一群孩子都怀着很期待的心情去上远方课程。当时，在周末去上远方课程大概是我们生活中最快乐的事情，而初中那些日子的色彩也因有了远方而鲜艳明亮起来。

后来我离开了华北油田，到了离家很远的地方上高中，再后来，我上了大学。虽然离开了远方，却感觉远方的影响力依然不减。每次遇到同是华油的同学，就会问上一句：上过远方课程吗？然后惊讶地发现大部分同学都上过远方课程。而只要一提起远方，大家的陌生感立刻就少了很多，然后会眉开眼笑地谈论起老寇，谈论起夏令营，谈论起快乐的年华。那时我忽然意识到，远方就是华油学子的家园啊。它是孕育我们的一方富饶土壤，更是让我们自由翱翔的一片广阔天空。我们见证着远方从诞生到发展，而远方也陪伴着我们从无知到成熟。我们与远方共同茁壮成长了起来。

现在我的表弟也在远方学习，从他那里得知现在远方已经发展成一个很大的文化培训机构了，各种科目的培训都有。看到远方的发展壮大，我心里真的无比开心。

远方就像一坛陈年美酒，在心底存放的时间越长，就越发醇香。而每当想起远方，我的心里满满的都是快乐与思念。"远处思念自常在，方留清香沁我心。"我谨以此文献给亲爱的远方，献给可爱的老寇，献给我那有远方陪伴的渐渐远去但依然鲜明灿烂的日子。

花开的路口

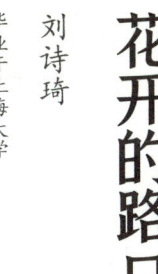

刘诗琦

毕业于上海大学

很多事情具有惊人的相似性,所以人们才会那么容易触景生情。我记得自己的记忆力一直很好,但是不知为何现在却好像忘记了很多事,直到看到启事写这么一篇文章,猛然觉得脑子里闪过很多画面,每种都带着不同的味道,我的心真是一下子五味杂陈。不过最后,我还是笑了,因为青春的日子总是难忘的,不是吗?

"当我还是个初中生的时候……"这句话说出来总有种深深的怀念和无比的轻松,脸上的笑容简直是无法抑制。成天成天地穿校服加胶底鞋,阿迪、耐克都没有流行的资格。不过,我觉得我们初中学校的校服真是我这么多年来穿过的最好看的啦。想想现在每天出门都要讲究一下自己的装扮，不由得叹口气，想起了年少时的无拘无束。

选择机关中学是一种必然，貌似选择"远方"也是认为"就应该去上"，还带着一种理所当然的骄傲。当然，后来三年的学习经历和它带给我的影响如实地让我的骄傲变成事实。

我很小很小的时候的一个夏天，在奶奶家过暑假，每天上午爷爷会教给我一首简单的唐诗，要我在中午吃饭前背下来。这可是给了我巨大的精神压力，每天都跟个小老太太一样佝偻着背在一个小角落默默地背诵，担心着中午香喷喷的大鸡腿不能顺利到手。可是在远方学习那些古诗词的时候，老师们幽默的讲法大大提高了我的兴趣。倒是没有了小时候饿肚子的担心，不过每学期两次考试那几天的突击背诵也着实让我焦虑得够呛。

有人说，记得一个人不一定是他对你多好，给人深刻印象的往往还是批评。应了这句话，在远方所有教过我的老师里面，给我印象最深刻的是教我二级课程的徐老师。他长得很帅，嗯，很标致（偷笑）；还有声音，非常非常有磁性，他在课堂上全文朗诵郭沫若的《凤凰涅槃》至今都在我脑海中回响；他还很会画画，讲堂吉诃德的时候我有一段时间走了个小神，等回过味儿的时候只听得全班一阵惊叫："啊——，老师你太棒了！"黑板上赫然就是身披铠甲的堂吉诃德牵一匹瘦马嘛。

不过这些都是他批评我之后发生的事情了。那是一个阳光浓似花生油的下午，徐老师在前面全情投入地讲着鲁迅先生和祥林嫂。我听着没什么意思，就跟旁边的同学打打闹闹，终于玩得太过了，让老徐给逮着了。他横眉一冷，我就知道自己错了，可是我至今都不明白自己当时是怎么了，挺严肃的场面我就一直保持着笑脸，还怕笑得不好看老师不喜欢，特意将嘴巴又咧开了一点，那灿烂就像窗外明媚的阳光，差点没把讲台上老徐的眼晃着。我正觉得自己应该是没事儿了，结果听见老徐大吼了一句："我在这儿讲祥林嫂，这么悲伤一人物，你在那里笑什么！"

后面的事情不用我说了，反正真是尴尬到死了。

不知道老徐现在是不是还在远方教书，但是希望学弟学妹们还有机会听听他美妙的诗朗诵，亲眼见见他画的老堂。

时光的河入海流
终于我们分头走
没有哪个港口
是永远的停留
脑海之中有一个凤凰花开的路口
有我最珍惜的朋友……

那个时候很难控制自己的情绪，我就是个任性的小孩儿，所有的棱角赤楞楞地暴露在外，曾经以为是一种无知，现在看来也是勇气。

想想貌似是在诗朗诵会上拿了个一等奖，还在竞选学生会部长的时候顺利入选，之后还像模像样地办了一个广播站，这些匪夷所思的事情在今天打死我也办不到，当年的我还真是不可小觑哇不可小觑。那个纯真的年代，不只是我，那时候的我们谁不是说出来就风起云涌、叱咤江湖呢？

那时候的事情，再小也是一个事情，不管是欢乐还是闹脾气，不管是去多

050 | 远方有我

远的地方游玩或者仅仅是轧马路。

我还记得几乎是每一次，上完远方课的下午，我骑着车子回望马路对面那一群穿着校服的学生，男生女生打打闹闹，一起商量着去哪儿玩。可怜我爸妈要求我必须下课就回家，我只能这么浅浅地望一眼，不过无数浅浅一瞥到现在还给我留下了深深的印象，因为那群人中的每一个，都是那么美好。直到现在，我还是会在人群中注意穿校服的中学生，他们的青春在大大的校服里演绎着我们曾经的故事。我会一直一直地看，直到他们淡出视线，然后在心里拨起一圈圈的涟漪，那一丝不愿承认的落寞总是找不到安放的支点。

学校里曾经演出过一场现代话剧，《凤凰花开的路口》是在演出结束后，总导演上台发言时的背景音乐。音乐在他那饱含感情的话后面静静地流淌，一直流淌进了我的心里。每每当我想起以前的人和事，这安静的旋律就在脑海中播放。它并没有带给我很多的悲伤，反而让我有一种平静。因为最终我们都要向前走，那些相伴的岁月就留在记忆中永垂不朽吧。真实的彼此不还是不管隔了多少时间和空间都是相互牵挂的朋友吗？

几度花开花落有时快乐

有时落寞

很欣慰生命某段时刻

曾一起度过

当我们还在青春的时候，这个字眼明亮又刺眼，我们惊艳于它的美丽，我们感伤于它终将离去。所以还有两个月就踏上奔三之路的我会学着调整心态，在青春面前变得平静。我会始终记得我永远都不是一个人，至少，有远方曾经的和永远的陪伴。

  又到凤凰花朵开放的时候
  想起某个好久不见老朋友
  记忆跟着感觉慢慢变鲜活
  染红的山坡
  道别的路口
  青春带走了什么留下了什么
  剩一片感动在心窝……

年轮

赵宇威 毕业于澳门大学

　　妈妈发来几张老照片，我怀着好奇的心情打开，那几段差点被遗忘的时光又浮现在眼前。一张是初一那年国庆假期去北京动物园时照的，一张是初二升初三的暑假，随着老寇去夏令营时在西安著名的鼓楼前面照的。照片上的我脸圆圆的，皮肤白白的，脸颊泛着红润，鼻梁上架着一副夸张的黑框圆眼镜，身材敦实高壮却稚气未脱。两张照片上的自己，都没有摆任何拍照姿势，只是站着在笑，笑得明媚且憨厚。感觉那个时候的自己绝对说不上漂亮，却自有一种纯真、沉静、简单的快乐，好像生活每天都充满阳光。

　　忘了有多久，再也照不出那种纯净的感觉。照片里的自己依然在笑，背后的风景依然美丽，我却已经长大，再也回不到过去了。

如今的我身在澳门，每天过得匆匆忙忙、紧紧张张，每天被新奇的事情冲击着，很少有闲暇去回忆过往的岁月。偶尔晌午的睡梦中，妈妈打来电话拉家常，说起家东的良良、家北的毛毛，现在都去了哪所学校，寒假都回家了，就我没回家……这些全被我迷迷糊糊、嗯嗯啊啊应付得了无情趣，妈妈干脆也不扯了，嘱咐我好好学习不要贪玩，便挂了电话。恍惚中，我极力想回忆以前的点滴，未等成功，便再次睡去。偶尔也能在梦里与小伙伴们聚一聚，全是些张冠李戴的荒唐事情，醒来就抛到脑后了。

可是，我一直相信，人是成了精的树。每个人都有自己生命的年轮，成长中的酸甜苦辣、点点滴滴都被记录在了年轮上，有意或者无意遗忘的，在不经意间就会偷偷侵入你的脑海，就像那几张老照片。

我是一个在油田长大的孩子，像许多生长在油田的兄弟姐妹一样，有安逸幸福的童年。油田的家庭，父母大多是国企职工，一辈子端国家饭碗，虽然不是大富大贵，但绝对也是小康家庭，无忧无虑。我们这一帮油田子女，就在祖父辈、父辈的爱护下，没心没肺地长大了。

我的大部分朋友是从幼儿园就认识的，其中很多人的父母同我的父母在同一个单位工作，本身就是好朋友，于是结下了两代人的友谊。这种亲近和自然、熟悉又长久的关系，在现在这个瞬息万变、唯利是图的时代是多么难能可贵。

小时候和我玩得最好的有三个人，我们四个住在同一栋家属楼里，从光着屁股在地上蹦跶的时候就因为父母的缘故认识了。后来三四岁的时候，不知道是谁提议，我们义结金兰，成了拜把子的兄弟姐妹。我是小妹，迪迪是老三，黄达是老二，李尚最大，被尊称为大哥。虽然是裤裆还没有缝在一起的年岁，我们却相当讲义气，干什么都是"团伙作案"。我最小，他们都很照顾我。现在想想，那时候的我就是个不折不扣的拖油瓶：动作慢，胆子小。虽然个子长得比迪迪高，却总是拽着她的手哭，被毛毛虫吓到了要哭半天，摔倒在土地上，心疼弄脏的裤子，用手一边拍土一边哭……还记得有一次上幼儿园，因为迪迪生病没有去，我坐在台阶上哭了整整一个上午。这可苦了李尚和黄达，为了逗我笑，他俩轮着在我面前翻跟头，一会儿学孙悟空，一会儿学圣斗士星矢。可我根本不理他们，兀自哭得伤心欲绝，最后把哥俩儿的眉毛哭成了倒八字，两张圆圆的脸儿哭成了苦瓜。现在的我，再也不可能因为这样的小事就天塌了一样地伤心，再也不可能有谁为了逗笑我而费尽力气。只有记忆深处的眼泪珍藏了一颗柔软的童心，也珍藏了一段弥足珍贵的友谊。

　　记忆里四五岁前的世界，都是朦胧的一片，雾蒙蒙的，赶上春天合欢开花的时候就更美了。粉色云雾一样的合欢花开满了整棵树，薄薄轻轻的，好像仙女儿的纱衣笼在眼前，层层团团，眯起眼睛，似乎整个世界都是粉红色的。伤心的时候，抬头边哭边看合欢花儿，眼里淡粉的绒绒的花朵因为有了眼泪的浸润更加模糊成一团，连泪水里都浸满了合欢的香味儿，流到嘴里是香甜的。后来，合欢树因为风水的原因被砍掉了，家属院的春天因为没有了合欢花的装点，变得凄凉冷漠；再后来，大家陆续换了大房子，相继搬离了小院。初中毕业后的我们，也各奔前程，离家远赴他乡求学。那时作为奔波在上学路上的高中生，唯一有机会相聚的暑假也因为各种试卷作业的填塞而变得苍白无力，想见却无法抽身。那一个个熟悉的名字也都只能从大人嘴里听到，一句句问候的话语成了电话线那头再熟悉不过的牵挂。不知从什么时候开始，我们再也不以兄妹相称了，现在的我理直气壮地直呼他们大名，在心里却永远地把他们当成了哥哥姐姐。小时候的幼稚天真已经同合欢花一样随风飘远，深藏在了甜蜜的梦里。

时间却不曾停住脚步，依旧匆匆。冬去春来，岁月流转，藤萝青了又黄，麻雀去了又来，马路上玩耍的孩子从 90 后变成了 00 后。2002 年的夏天，中国男足在世界杯赛场上以负九球的战绩铩羽而归，而我们在经历了一个被熬夜的世界杯后，升入了初中。

初中生活里最叫我怀念的是学校门口的凉面店。开店的老板娘是我们学校一位老师的妻子，个子不高，眼睛大大的，看起来柔弱却非常利落能干。她的凉面做得好吃极了。记得那会儿周六早上去远方文学社上课前，经常会在她的店里买一碗凉面当作早餐。面条是压面机压出的规则的扁长条形，里面放着豆芽菜、香菜和葱花，最上面浇着姜蒜汁、麻油、辣椒，还有很多不知道的调料。有时还可以外加一个荷包蛋。她做的荷包蛋是我至今为止所见过的最漂亮的，荷包蛋被包成椭圆形，浑然天成，没有一点瑕疵。因为是在面汤里包成的，荷包蛋泛着柔和的奶黄色，诱人极了。在夏天较为清凉的早晨，叫上一小碗凉面，外加一个荷包蛋，再加一碗免费的面汤。凉面香辣酸爽，劲道十足，荷包蛋圆润柔滑，入口即化，再喝一大口温热醇厚的面汤，真是叫人直呼快哉快哉！凉面店现在还在，听说还是极受欢迎，学生们在大课间的时候都会去它后门的小窗口叫上一小碗，也不坐，就站在窗户周围，狼吞虎咽地吃完，再把碗递回去，可见这凉面魅力之大。自从离家求学，就很少有机会光顾那家凉面店了。去年寒假回去时再次赶上主人放假，又没能解馋，我就越发思念那小小的一碗凉面了。

那时候，每周六早上让我准时七点起床的除了凉面，还有老寇和他的远方文学社。老寇，沧州人也，远方文学社创社人，三年的恩师，一生的朋友。圆脸儿，略黑，身材高大，擅长坏笑，特别以其"嘿嘿"两声黑山老妖似的坏笑著称。

最不像老师的一位老师，却是与学生最贴心的一位老师。还记得和老寇一起去上海冬令营的那次，我和木木与他在宾馆谈心，听老寇讲他的创业史：讲当时就为了争一口气，一定要把远方做大做强给别人看看；讲他因小人妒忌而被陷害；讲他坐在宿舍里的板床上，脑袋一片空白，不知该干什么，也看不到未来。老寇在讲述的时候似乎在讲别人的故事，语调平稳，偶尔来点小调侃幽默润色一下，十分洒脱。这也是我最佩服老寇的地方，他经历过，收获了，蜕变了，成熟了，有了大海一样的胸怀，可以包容苦难与嘲笑，有坚定的目标和前行的方向，却仍难能可贵地保留了一份天真和快乐。老寇的年轮，一定比我的深刻密集，一圈一圈，刻在他的血液里，也刻在他的抬头纹里。我一直觉得老寇看似痞痞的笑容里有太多的内容和感悟，那是生活给他的馈赠。

在我以后悲伤难过的很多个夜晚，我都会想起老寇曾经经历的困难，再看到他现在所拥有的幸福，告诉自己要坚强，告诉自己只有疼痛才能够让人成长。

你知道什么是绝望？面前只有一条路，却是一条险象环生、荆棘密布而又极细极窄的路，稍有不慎就跌下悬崖摔死。你怕了，累了，想退缩了，不想逞强了；你不快乐，你脊梁后有很多双眼睛瞧着，它们的眼珠都在你的背上咕噜咕噜转呢；你喘不上气来，因你的肩上扛着很多人的希望，可是你自己没有信心，你不断地大喘气，用说过几百遍的话安慰自己，却觉得好像困在了一个泥潭里，一点点往下沉，走不出来，全身都是那么沉。

高考后的一个月，我依然会在每天清晨五点半突然从梦里惊醒，脑海中回响起刺耳的起床哨音，那是高中打响每天战争的集结号。看着窗外薄弱的晨光努力冲破黑夜的影子，扭亮床头台灯，温馨的橘色灯光在屋子里慢慢氤氲开来，很久才记起，高考已经过去，我再也不用以百米冲刺的速度在五点三十五分前跑到操场上读书了。

回忆里的课间，没有人休息，大家都像疯了一样压榨自己。课后贴出的每次月考、周测乃至作业的成绩排名表上，每个人名字前跳动的数字都成了压在心头的秤砣。记不清有多少次为了它的浮沉大喜大悲。那样窒息的日子里，一点点的进步都能够成为鼓舞我们浴血奋战的号角，一点点的后退都可以叫心脏狠狠地疼一下，开始沮丧、质疑，然后重新鼓起勇气，更加变态地纵身题海。

还记得高二的冬天，我狠狠地病了一场，半夜躺在宿舍的被窝里被热醒，觉得像是躺在火炕上。没有水，连冷水也没有，只有枕边事先放好的退烧药。黑暗里把药片倒在手心，塞在嘴里，愣是用牙齿磨成粉末，和着唾液一起咽下去，那种苦涩的味道，这辈子都不能忘记。

还有高三第一次期中考试，坐在我后面的一个男生，每天前三个到教室，最后几个离开，老牛拉车一样勤恳地学习，却在看到成绩的那一刹那，将头深深地埋在了臂弯里。家长会的时候，他的父亲，那么高大的一个男人，在田里干活时顶天立地，面对生活挫折从不言败的男人，却在老师面前因为儿子的成绩落泪叹气。他就站在爸爸身后，看着爸爸用养起这个家的手抹泪，自己低下头呜呜痛哭。他的爸爸，在离开前给他一兜苹果，说了许多宽慰的话。那个中午爸爸走后，他没有吃饭，在自己的座位上一直学习到午休结束。

时间却没有因为我们的珍惜而放慢脚步，转眼间春天过去，高考的脚步声越来越近。大家在紧张复习的同时憧憬着象牙塔，似乎那是我们的圣地，我们都是朝圣者，这样虔诚的修行，就是为了有朝一日能够踏上那片极乐的圣土。

硝烟味儿越来越浓，战前那种剑拔弩张的状态叫人窒息。六月四号，我们最后一次熟悉考场，之后在七号走上了战场。两天的高考过得却不那么真实，三年的汗水和眼泪在两天时间里就被交代。我只记得从考场出来时努力地向着站在考场外面的老师们微笑，笑到想要流泪，似乎想把最好最美的微笑留给这些为我们操心三年的恩师，也留给自己即将正式落幕的高中时代。

六月十号，返校，照毕业照，领档案。同学们又聚在曾经无数次跑过的操场上，大家谈笑风生，似乎刚刚过去的一场殊死战斗不关我们的事。好像一瞬间我们都忽然长大，历练之后留下的是豁达和坚强。三年来，朝圣路上荆棘划破过皮肤，脚底磨出过茧子，我们却终于负着重担走过来了，我们生出了一颗坚强的心脏，而生活的画卷才刚刚展开。

你相信光阴会说话吗？听，其实每段光阴都是一个精灵，掌管着自己的旋律，有着各自的使命，或喜或悲，让人幸福或者煎熬……夜深人静时，他们会伏在你的耳边，向你讲述走过的时光，用低沉轻柔的声音哼唱或者诵读，那节奏和旋律就被刻在了生命的年轮里。恍惚时再回首，似梦似幻，细细品味，却恍然大悟，原来每段故事都是跳跃着的光阴精灵送给我们的礼物。

现在的我，在静静回忆过去的点点滴滴，一圈圈抚摸着刻在自己生命里的年轮。小时候的家属院、合欢树，学校门口的凉面小店，老寇的讲述，那个苦涩的冬夜，男孩内疚愤恨的眼泪，高考时的天空，毕业时操场上夏风吹来的好闻的香草气息，都已经慢慢地慢慢地远去，只有树木仍在生长，年轮仍在刻画……

文学岁月 我在远方

刘洵 毕业于中央财经大学

看到远方的征稿启事，我突然意识到自己已经很久没有动笔写过什么了。惭愧之余，不禁想起了激扬文字的中学时代，和那些与远方文学社有关的青春岁月。

我是和远方一起成长的。记得上文学社的第一节课，我还在读小学。那时候远方刚刚起步，当时还很青涩的老寇只用了一节课，就让我们这些懵懂少年深深地迷上了远方的文学课程。老寇渊博的学识、幽默的谈吐，至今仍给我留下极为深刻的印象。而远方的课程内容，也正是中国传统文化的精华。从文史到礼乐，从诗词到曲赋，可以说，是远方将我领入了文学的殿堂，让我从此迷上了古典诗词。

初中毕业后，我独自到异地求学，苦行僧般的高中生活，是诗词陪我走过的。理科班的学生总会为语文课本里面的必背诗词苦恼，而那些篇目，都是我在远方课程中早已铭心刻骨的。长至《琵琶行》《长恨歌》，涩如《梦游天姥吟留别》，至今仍倒背如流。但在我看来，最重要的却是在远方的课程中，自己慢慢积累起来的语感，那种对语言的认知与情感，是我一辈子难得的财富。在阅读欣赏之余，我也曾舞文弄墨。高中三年，我整整写了四大本诗歌。尽管如今看来，那些青涩甚至幼稚的语言着实笨拙，但那无疑是我高中时代最生动的记录。

来到大学，我渐渐迷失于安逸而消沉的生活。人在安逸中是欠缺灵感的，人在消沉里是没有创作热情的。而我，也自然告别了曾经的文学岁月，再也没有了新的作品。在那种迷醉的生活中，文学于我，更多是炫耀时脱口而出的名篇名句引来一句句夸赞后，内心一时的满足。然而满足这种感觉，总是转瞬即逝的，特别是当它来得微不足道时。当这种廉价的满足感消散，换来的却是我深深的失落与迷茫。迷茫之中，我曾苦思人生的价值，又是文学，唤醒了我内心沉睡已久的激情。在那段日子里，我整夜与唐诗为伴，在流传千古的字里行间，我读到了曾经没有读懂的人生沉浮。曾有千般难言愁，而今万事随东流。我终于明白，文学对于我，正是人生起起伏伏中最好的朋友。它不会因为我的失意而离开，也从来没有在我得意时多亲近几分。无论何时，无论何地，它总会用自己浩瀚中的一浪，激荡起我内心的波澜。

如今，大学生活已经走过大半，我迎来了最需要拼搏的时刻。回首曾在远方的年华，那正是文学与心灵最初的共鸣。人生苦乐，岁月如歌。文学会一直陪着我，伴我从远方走向新的远方。

写给自己 留给远方

范婕妤

毕业于西安石油大学

很久没有像这样正式写过东西了，不知道是不是理工科学久了留下的后遗症。但是每当提起远方，提起老寇，我的心情就久久不能平静，往事像放电影一样浮现在我的脑海里。那些事，那些人，一切的一切都历历在目。

开始跟着老寇学古诗词的时候，还没有远方文学社呢，我也算得上是远方史前学员中的一员了吧。那时的我刚上初一，刚刚接触文言文，妈妈让我跟老寇学习的初衷是希望我能早点适应拗口又难懂的古文。很显然，老妈的目的达到了，而且效果非同一般，我坚持每天早起摇头晃脑地背诵古诗词让她既惊讶又诧异。这就是老寇所特有的魅力。说到远方对我最有影响力的老师，老寇稳居榜首。从最早的一级，到远方成立以后拓展的文学四级，我都是老寇亲自面授的，但是一些师弟师妹们就没有那么好的福气啦，所以每当我说起这个的时候都会有点小得意。

　　想当年，老寇一点都不老。我一直觉得教古诗词的老师应该是个戴着黑框眼镜的老头子，所以第一次去上课的时候还误把老寇当成了少年宫的钥匙保管员。初一暑假一个炎热的中午，当我倚着门准备抢占教室前排座位的时候，一个戴着眼镜，高高瘦瘦的年轻人，一边扶着眼镜一边说着"大家让让啊，开门了，开门了"就挤到了我旁边。起初没太在意，但当这个年轻人开门后开始准备发教材的时候，我才意识到，这就是我们的老师了，这着实让我狠狠惊讶了一下。但这个年轻人，教古诗文还真有一套。首先让我对老寇刮目相看的是，他可以第一次就准确无误地念出我的名字，让我觉得这个老师有两下子嘛！老寇有他自己的一套教学方法，枯燥乏味的古诗词被他那么一讲，我马上觉得我不是在看一首诗、一首词，而是在看一幅图画，在听一个故事。第一次，我深深感到学古诗词是如此快乐。

　　那个暑假，为了在老寇的考试中取得好成绩，我每天早起在家里背前一天学过的诗词，下午上课，临到考试的时候，晚上加班加点复习巩固，背到嗓子沙哑。我并没有想着一定要考多少分，要当第几名，只是想着自己尽力了就好。但是当考试后的一个早上，我接到老寇的电话时还是异常激动。他先是神秘地问我，你知道自己考得怎么样吗，我说不知道啊，只是觉着应该还可以，你考的我基本上都会呢。然后老寇就笑了，他说恭喜你呀，第一名！我瞬间就蒙了，不停地问这是真的吗？他说下午我提钱去见你喽，我听着他半开玩笑半正式的语气，觉得这事儿八成是真的了。因为有奖励，我到席殊书屋挑了好多名著回家，一套正版的《莎士比亚全集》，还有《堂吉诃德》，都是他上课的时候推荐的名著。因为老寇，我渐渐爱上了看名著，因为老寇，我从未买过一本盗版书，老寇曾经说过，看盗版书的孩子没有出息。

和老寇上的最后一期远方课是在"井下"，虽然自己还是很想继续和老寇学下去，但那已经是当时的最后一级了。最后一节课结束的那天晚上，我至今都记忆犹新。妈妈来接我回家，为了和老寇多聊一会，我走得很晚。老寇推着他那辆摩托一边走一边和我们聊。因为初三了，还有一年就中考，老妈对我很担心，一直和老寇说我上了初三以后物理化学这两科学得是一塌糊涂啊，不知道中考能考成什么样子。老寇一边安慰老妈一边建议我上了高中以后不要选理科，不适合我，让我学文科。现在想想老寇真有先见之明啊，如果当初我乖乖听了你的话，是不是现在一切都不一样了呢？

虽然我高中选择了理科，大学又读了自己并不擅长的工科，但是文学是无处不在的。高考时的语文成绩让我为之自豪，大学时的各种报告总结连连博得老师和同学的赞赏，我相信这些都离不开远方和老寇对我的影响。感谢远方，感谢老寇，让我的回忆充满色彩。

最近再次和老寇联系上，惊喜地发现老寇已经有小寇了。我是要感谢小寇的，因为你，我才和老寇取得了联系；因为你，我仿佛再次回到了那个让我口干舌燥的夏天，看到了十几岁的我，看到了我意气风发的年少时代。

一晃十年过去了，当初十三岁和现在二十三岁的我，真的不一样了。想当初二十多岁的老寇已经小有成就，至少可以收着好几个大班的学生的票子然后和学生一起聊"啊，我年轻的女郎——"。二十三岁的我，没有老寇那样有才，但也在自己的一片小天地里摸索着，前进着。

忆远方 自难忘

刘立蒙 毕业于西安石油大学

跌跌撞撞，初识远方之美

2002年，远方这个既熟悉又陌生的词汇第一次如此地吸引我，那还是个大街小巷传唱着《双截棍》的夏天，那还是个没有太多的网络和手机的夏天，那还是个没有太多选择的单调夏天。那时候的远方还名不见经传，没有华丽的包装，没有浮华的辞藻，却将许许多多的文学知识展现在我眼前。

虽然上初中的我对课外辅导班已不再陌生，从小学开始，各种各样的辅导班就都已经占据了我的课余时间，英语、奥数、器乐等等，谈不上厌恶，但是被束缚的爱玩的天性一直在等待自由。对于语文的课外辅导班，我还是比较排斥的，一方面是由于学校的老师好像一直没有给语文树立一个美好的形象，另一方面是自己觉得中国人学语文哪还用课外辅导啊。

就这样犹犹豫豫，我错过了远方一级课程的报名时间，远方的宣传页也被我放在了书架的最下层。这个暑假似乎注定了还要一成不变，烈日、鸣蝉、假期作业……不久，远方的一级班结束了。看着从远方班学习回来的一个个欣喜不已的同学，再看看自己一个人的单调暑假，终于我又翻出了远方的宣传页，接下来的二级班，我来了！

一间普通的中学教室，一群普通的我们，加上一位看似普通的老寇，这就是我在远方的起点。电风扇的轰鸣压不住寇老师声情并茂的讲解，更压不住我们求知的欲望和会心的笑声。什么拗口的古诗词，什么难记的"北斗七星"，什么听都没听过的"神曲"，到这里都不算什么。远方给了我们一条通向文学宝库的大路，接下来就该我们尽情奔跑了。

乐在其中，尽享远方之味

夏日漫长，但远方的课程却一闪而过，还来不及回味，二级班就结束了。这么好的文学课程，这么有趣的老寇，怎能错过。远方，继续上路。

似乎有人认为远方的课程无非是让你笑一笑，没有什么深度。其实不然，轻松快乐的课堂氛围中绝对不会缺失学习的严谨和认真。有一次，为了在宋词的学习中能更好地回答老寇的问题，我就买了一本《宋词三百首》。我在上课的时候偷偷对照着远方教材看了起来，正在我努力翻书的时候，课堂上的笑声戛然而止，一抬头，一脸严肃的老寇正站在我的面前。我急忙不好意思地解释起来，不过老寇似乎没有生气——那时候的我也许还解读不了寇老师眼神的内容吧。其实整个远方的课程还是很严谨的，每次的结课考试还是要认真努力准备一番呢，要不然怎么会有结课领奖时的喜悦和扎扎实实的文学功底呢？随着远方课程的层层递进，我发现自己对文学有了前所未有的热情，那真是一种发自内心、掩盖不住的热情，现在想想都觉得好难得啊。

古语云："读万卷书，行万里路。"对中国文学的学习怎么能仅仅停留在平面的书本呢？所以，接下来让我十分难忘的北京之行开始了。那是第一次离开家长独自旅行，其实也算不上严格意义上的"独自"，因为还有远方文学社的同学们，当然还有老寇。北京，并不是一个遥远的地方，几个小时后我们就到了中国现代文学馆。一路的欢声笑语，让我们在参观的同时也压抑不住激动的心情。看着文学馆中的展品，我们时而认真阅读，时而相互讨论，当然也少不了拍照留念。由于当时的条件所限，留下来的照片并不是很多，真是一大遗憾啊。不过那张可以当明信片的文学馆门票我一直保留至今，时不时拿出来端详它承载的那一段属于我们的远方的回忆。

蓦然回首，再品远方之醇

时光荏苒，我早已告别了远方的课堂，早已告别了生活多年的油城，早已告别了单纯无忧的童年。可是我却一直没有忘记那段与远方一同走过的日子，一直没有忘记远方那略显简陋却真正宝贵的课堂，一直没有忘记自己弥足珍贵的中学时代里，远方那浓墨重彩的一笔。从初中到高中再到大学，甚至到即将走上的工作岗位，人生的每一次变革，我都使自己暂时停下来，仔细想想走过的路都走得好吗，对吗，什么该忘记，什么想忘都忘不了。忘不了寇老师骑着他心爱的摩托车奔波在各个授课点，忘不了寇老师的大衣上为我们留下的粉笔灰，忘不了远方报纸头版上印着的我那些青涩的文字，忘不了自己冒着大雨赶在最后期限交上的远方的读书笔记，忘不了寇老师铸就的远方之名。远方不远，一个转身，它就安静地停在记忆的那一格……

旧时光

牛爱迪
毕业于四川大学

2011 的岁末，我从一天的课程奔忙回来，晚上在人人网上看到老寇分享了好几篇日志，耳畔伴着梁静茹细腻温情的声音，一篇一篇地读下来，眼里竟然渐渐有了泪。

那些旧时光，总是可以轻而易举地打动我。

那段时光里，有轻松活跃的课堂。

刚上初一的第一个周末，我抱着试试看的态度去少年宫听了第一堂远方的课，第一次见到老寇。那节课的内容有上古神话、古猿人、语言和文字的形成以及炎帝、黄帝、大禹等先人的故事。之前从没有人把课上得这么好玩，笑声不断。当时我就报了名，这一学就是两年半。

一二级的课程上得最轻松，主要就是听故事。从小也背过不少古诗，但几乎都是死记硬背，不解其意。真正让我爱上这些唐诗宋词的是老寇讲的故事。一个个遥远陌生的文人墨客在老寇的故事里变得鲜活生动起来，听着听着我就能记住他们每个人的性格特点和身世经历，比如生活在动荡的唐朝的杜甫是怎样的忧国忧民。

一级背古诗，二级看名著，三级学语法，四级写文章，五级读古文，六级做阅读。整个初中生涯远方陪伴我一起度过。每到周末我就带上印着"远方"二字的纸袋子，骑着自行车飞奔去上课，迎着春风，顶着烈日，伴着秋叶，或是冒着冬雪。

后来我来到了成都，在一个深秋的下午拜访了杜甫草堂，在茂林修竹、曲径通幽的景区里见到了传说中的那个茅草屋。心里默念着曾经熟烂于心的诗句，回想着当年老寇讲的那些故事，我隐约觉得自己可以触到一千多年前那个时代的一些东西，或是说，比那些只是来逛园子按快门的游客，我多看到了些什么。

那段时光里，有欢乐潇洒的旅行。

2004年的夏天，西安。破旧的绿皮火车，沿途不断变换的风景，渐渐勾勒出这个古城的模样。老寇带着我们这群快乐的孩子，在那些充满故事的土地上印下自己的足迹，感受这个城市特有的性情，洒下我们特有的欢笑。

老寇他们会专找景区的卫生间标识或垃圾桶、指示牌合影，尽是一些夸张的表情和搞怪的动作。他们经常把朴树的一句歌挂在嘴边，一开口就唱："All my colorful days"，讲各种各样的笑话，然后在我没听出笑点的时候就哈哈大笑。快乐是很容易传染的，这样一群搞笑分子，把大家的情绪都感染了。

老寇说他喜欢坐火车旅行，喜欢坐在窗前看风景变换。他给我们看过一个本子，上面贴满了火车票，每页都有随手写下的所见所感。

后来，我也爱上坐火车时看窗外掠过的风景，听着歌静静地想事情这种感觉。我还经常在旅行中读游记。有一天读到这样的话：游历的意义，在于你到过那些人类文明最高境界的地方，你自己眼睛里就有了这些文明的光芒。从此你看世界就不一样。

那段时光里，有用心抒写的文章。

第一次看到自己的作文变成铅字被印刷出来是在某一期的远方报上，刹那间泉涌而出的喜悦过后还伴生着一些不安和压力。当时只有十块钱的稿费亦被我小心收好，到现在也没有动过。后来在《远方如何》上，在某期的《美文》上，只有一纸半页的文字在我心里也有重重的分量，那是存之于世诉诸纸上的对那些时光和情感最真切的纪念。

真正结识文字，也正是从那时的远方开始的。我发现文学并不单单是写作文，文字并不单单是用来干涩生硬地记录。原来文学是用来表达情感和思想的，原来文字可以是跳脱的、温婉的、壮阔的、悲伤的，所有内心的倾诉与思想的火花都可以在笔尖迸出，凝结成纸上的每一缕铅华。

年少轻狂的我，对文字有很大的憧憬，会用心认真地写每个字。

那时十三四岁，我喜欢用一些忧伤的句子来描写不如意的心情，正如所谓的"少年不识愁滋味，为赋新词强说愁"。

现如今，我站在二十岁的起点，回望七八年前的自己，发现那个孩子稚嫩单纯。跟那时比起来，现在的困难、挫折、烦心事肯定只会多不会少，但我却很少会抒写忧伤了。我喜欢上七堇年的一句话：如果有不幸你要自己承担，安慰有时候捉襟见肘，自己不坚强也要打得坚强。还没有衣不蔽体、食不果

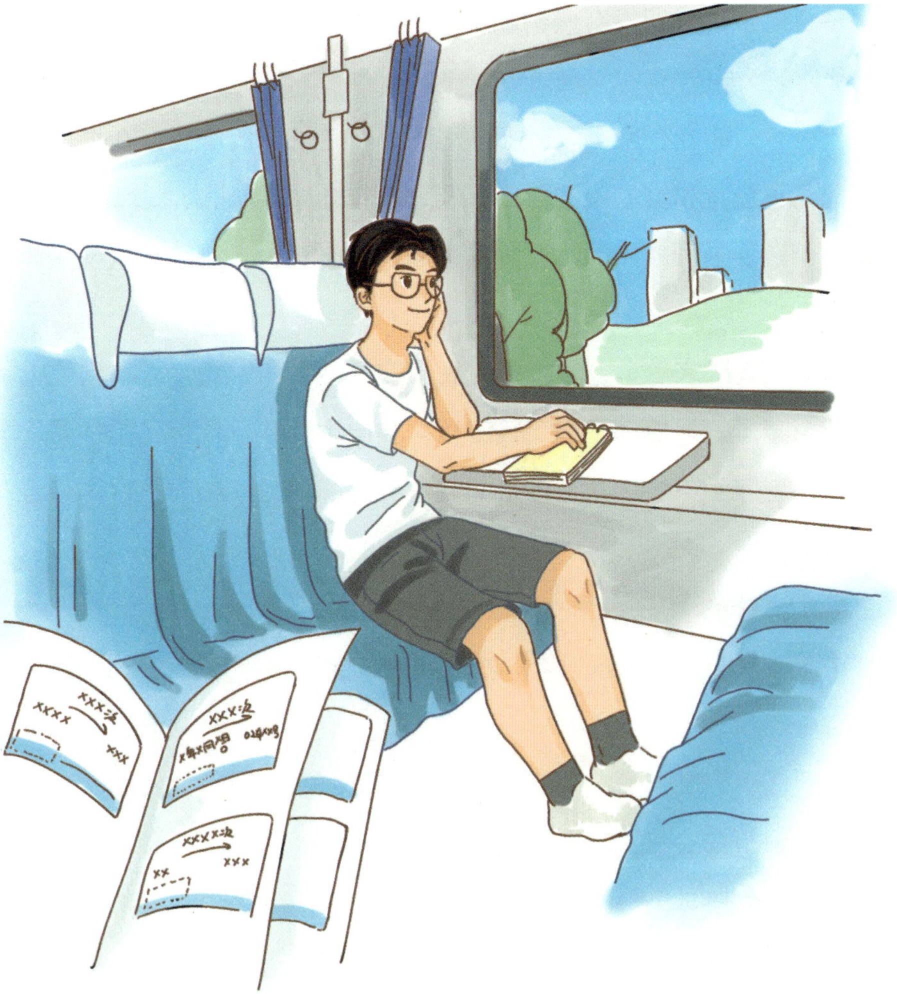
XXXX
XXX次
XXX
XXX次
XXXX次
XX
XXX

腹、举目无亲，我们没有资格难过，我们还能把快乐写得源远流长。

那段时光里，有催人奋进的考试。

一级考试前我在家复习，把书里的每一首诗拿出来背，在纸上写写画画以便记住不会写和容易错的汉字。背到唐诗的时候有些抓狂，跟妈妈抱怨道，你说说李白爱喝酒就喝呗，干吗喝完酒还写出这么多诗，让我现在背得这么痛苦。

那次成绩出来后举办了个挺大规模的学生会和家长会。拿到成绩单后我试着从第一页的最后一个名字往上找，结果意外地发现自己排在前几个。发奖时我从老寇手中接过荣誉证书和装着奖金的信封。信封上这样写着：

牛爱迪同学：
这里面装着的是一段时光，在这段时光里，你耕耘着，成长着，快乐着。

转眼近十年过去了，那些诗歌和知识我都遗忘得所剩无几，但有些东西却深深地根植在心中，发了芽，开了花。

我依然会在时常阴雨绵绵的成都寻找春天，想寻个晴天去踏青，依然会在厚厚的医学课本中夹上两本散文集，依然会随手抄下自己喜欢的句子。

在氛围严谨沉重的医学院校里，我偶尔会怀念那段快乐生动的时光。所有的时光和过往，都有着不动声色的力量，它们使你成为现在的你。我想说，感谢那段旧时光。

远方 北方

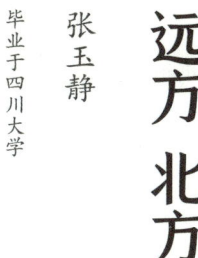

张玉静 毕业于四川大学

　　总想找到一条合适的线索、一个合适的开端，去深深挖掘那些情节；总想找到一个合适的时间、合适的地点，去慢慢沉淀那些记忆；总想找到一种合适的文体、一些合适的辞藻，去细细描绘那些过往。可是记忆不听话，总是从各个角落喷涌而出，让我理不出头绪。远方征文就要截稿了，索性直接白话白话，码码字儿得了。

　　2012年2月11日，0点19分，成都。
　　听着老寇在西安的车上唱的那首《灰姑娘》，一路的欢声笑语仿佛又环绕在耳边，原以为黯淡的记忆竟重新浓艳了起来。

我知道每段日子都会有它的酸甜，每个地点都会有着曾经的悲喜，但神奇的是，远方于我，竟是满满的甜蜜。不对，马屁拍过了，远方寄来的明信片，只差一位数跟一等奖擦肩而过倒是让我掩面而泣了好一阵子。

记忆中少年宫有一架从来没飞起来过的飞机，还有一个没篷子的车棚。夏天下了课骑上自行车，屁股不得不和车座分了合，合了分，来调试温度。冬天又会落上一层雪，还得拍半天才能骑，不然下了车裤子就会跟尿了似的。这些记忆占据了我每个周末。但不管怎样，有睡神之称的我从没有在要去上远方课的早晨起床时犹豫过一秒，因为人都一样，喜欢快乐。

其实跟远方所有的机缘都是因为老寇，不清楚他是怎么从一个中学老师变成一个老板，只知道他很牛，跟别的老师完全不一样。对于这号人，我当然要会一会。试听课前第一次碰见他，觉得他痞痞的，笑起来像印小天。虽然没有他自己形容得那么玉树临风，但也跟帅沾点儿边儿，然后就因为他的一节课，我们二话没说就报了名。老寇讲课的方式，我一直很喜欢，有人说他上课还坐桌子上，没个正形儿；有人说他就知道瞎忽悠，瞎白话，可我就是喜欢，我知道那样会有满屋子的快乐。我不需要在严肃的课堂去被教知识，我也不奢望那些知识能让我铭记一辈子。毕竟能留在记忆深处的并不是哪天哪个老师讲过多少页的知识点，而是某件现在想起来还是会不由自主地笑出声来的趣事。我只是记得老寇让我了解了很多名著，老寇让我知道了什么是文学，老寇让我的作文拿过高分，老寇让我知道了什么叫一手好字，这就够了。

远方和老寇一样，给了我太多太多的记忆，或许已经成了我人生的一个阶段，无法抹杀。那年是谁，跟我说："看，《美文》俩字儿像不像美女，哈哈哈……"那年是谁，下课跟我从一区骑车回家的时候陪我去买食粮，准备下午窝在家里看老寇布置的《雾都孤儿》——虽然它已经被划得不像样，读碟的时候老是卡。那年又是谁，在西安的车上一直坐我左边，让我觉得安心又踏实。

我用傻瓜相机照下了一路的风景，虽然被牛老师一个不小心把底片拉出来一大半，但我知道这些不单只是记在底片上的，而是烙在心上的。我会记得远方报上，那张我们在大树下的合影，我们笑得像花儿一样灿烂，尽管我从来没有过那张照片。

西安的旅行让我第一次离开父母那么久，那么远。我晕车，少年宫到火车站的路程就能让我吃不下饭，恶心到不行，在西安的路上还被老寇一直"张大晕""张大晕"地喊着，没力气回嘴。我不认路，上了高中才知道，出了一中的门，走几步就到了我本以为好远好远的总医院。谁曾想，那样的我，现在也离开了家，开始一个人颠簸了。

成都的天气潮得让被子总是湿湿的，衣服也是几天都干不了，但这却救了我如月球表面的脸。

成都的夜空看不到儿时的一闪一闪亮晶晶，只有月亮孤零零地照着这座城和城里的人们。我时常在怀疑，它是不是家乡的那轮月亮。

成都的菜总是加辣，弄得我回去吃老城故事的红锅时还觉得没有一点儿辣味。

成都的姑娘漂亮，身材也好，搞得我报到那天进了学校调头就想撤。小伙儿也都秀气得很，就是浓缩了点儿，每次站方阵都把我当男生使，理由是身高合适。我就纳了闷儿了，1米68难道是个爷们儿的身高吗？

成都的方言对我是一个很大的挑战，语言方面我从小缺根弦儿。到现在我还觉得跟我爸那带有沧州味儿的普通话沟通不那么顺畅，所以刚来成都的时候就跟出了国似的，以至于后来屁颠屁颠地去华西医院当志愿者，给人指错了方向，那人回来可劲儿骂我的时候我还面带一脸清纯的微笑，问他需不需要帮助。在别人看来，我来当志愿者之前，指定是戴着红领巾的。

成都的冬天没有暖气，阴冷阴冷的，听说也不下雪，谁知道大一的时候运气好，碰上一场小雪，成都的孩子们各种欢乐，各种哇哦，东北的哥们儿在一旁各种鄙视：这玩意儿也叫雪？

成都的阳光是那么奢侈，基本上每天都是阴的。我爱阳光，无论多么刺眼，多么强烈，它总是能让我感受到一种强大的生命力和存在感，在艳阳下，哪怕只是站着，影子也能告诉我，我是真切地在活着。阴天会带走我的好心情和做任何事的动力。从小到大，一直都是。我坚信我是靠阳光活着的，而在成都，没有阳光。

来了成都，我才深深地明白——河北，这两个字已经深深烙在了我身上，给了我莫名的安全感和归属感。我知道只有那里才可以包容我所有的放肆，只有那里才可以让我不用长大。我不爱吃枣，但却买了一袋又一袋，只是因为上面的"河北沧州"这四个字。我把家里吃饭的碗和勺子都带了过来，我妈一直在说："咱这是去上学啊还是要饭啊？"我不在乎，只是想着在宿舍喝麦片的时候能有着跟在家里一样的装备，那才会有一样的味道。我不嫌沉，从家里买了书带过来，只是为了上面可以有一个"席"字的章。我不知道这是傻，还是矫情，是不愿离开，还是太过思念。

我爱北方，肆无忌惮地爱着。就算夏天的烈日是那样灼人，冬天的寒风是那样凛冽，我都盲目地爱着。北方倾盆的大雨，比细雨绵绵更能让我明白什么是诗情画意。其实我知道，这样说，不是因为北方就真的有多好多好，只是因为一个北方的孩子想家了。

  可是，不管怎样，我都在学着告诉自己，每件事的发生都有它的道理，都是我必须经历的成长。我恋家成癖，但我不该跟自己过不去。我渐渐习惯了这座城市，因为对这里的孩子来说，这里才是家，这里也有我看不到的迷人。转眼在成都待了快两年了，经历了很多以前不曾料想的事情，这片土地有过我的笑和泪，我也真真正正地明白，生活有时候并不是我们看到的样子。我不后悔我人生的每一个选择，我也改掉了习惯回忆的坏毛病。不由自主地回忆，总是源于现实的空虚和不快乐。我告诉自己要活在当下，让自己的生活变得充实才能摆脱掉思念，拥有更精彩的生活。或许在我老得走不动的时候，唯一得以生活的方式就是回忆，它可以让我霎时跌入温暖中去，度年如日。我拼了命地守住我的每段过往，快乐也好，伤心也罢，它们都是我的，也许别人不会在意，但幸运的是，我还有那么多的可爱的你们，可以陪我一起回忆。

  夜深了，3点19分，成都。

  我把《灰姑娘》从列表里删除，旋律戛然而止，记忆又回到了我珍存它的地方。我想今晚我应该会睡得很好。

  你们是我的一场好梦。

  远方的北方。

  北方的远方。

  想你，于他乡。

德国印象

富亚睿 毕业于同济大学

　　和德国的缘分起于同济大学,而和同济的缘分起于那个决定高考志愿的夜晚。选择同济的原因很简单,就是爸爸突然看到那本厚厚的大学名录里对同济大学汽车学院的介绍:该院本科学制为五年,大三必修德语,大四可提前保送研究生……对这一学科发展前景的信心和能够掌握一门第二外语的优势,让我走进了这所大学。

　　在入学后的新生教育周我才得知,同济大学是由一位名叫埃里希·宝隆的德国医生创办的,原名为"同济德文医学堂"。据说,"同济"也是根据德语"Deutsch"的谐音而来,后来被赋予"同舟共济"之含义。大三一年的德语必修学习,让我在课堂上从语言入手开始了解这个国家，也体验到了这门被称作"最难外语"的魅力。它复杂的动词变格，繁复的名词词性以及多种时态和虚拟式，足以让初学者望而却步。然而，唯有经过这道坎，才能体会到这门语言的独特魅力。

由于同济和德国的渊源，学校彼此之间的学术交流十分频繁。我在大学期间曾两次赴德国参与交流，分别是2009年8月赴亚琛工业大学与2011年8月赴慕尼黑工业大学。这两次交流，从申请到参与，都让我切身体验到了德国的文化和精神，这比课堂上老师的讲说来得更直接、更深入。

在项目的前期申请中，我得到了这两所大学外事办公室老师热情的帮助，他们让我在点滴中体会到了德国人的耐心和严谨。2009年，在申请阶段，我曾向外办老师发邮件询问项目的相关信息，本以为这种"不重要"的咨询类邮件会淹没在潮水般的邮件中，不会得到回复。但是，外办老师及时回复了邮件并解答了我的问题，热情欢迎我参与这个项目。2011年再度去德国之前，我的签证遇到了一些问题。其实责任在我，我过于乐观估计了签证预约的形势，导致能约到的最早签证办理时间都在交流项目结束之后，我只得向慕尼黑工大外办的老师发邮件寻求帮助。老师得知我的情况后，立刻给德国驻上海领事馆写邮件，为我争取尽早安排签证面谈。最终，我及时拿到了签证并按时到达慕尼黑。见到外办老师后，我向他们表示了我深深的谢意，而老师只是笑着回应说："这是我们应该做的，你是我们的学生，我们当然会支持你。我们会回复每一封邮件，为你们答疑解难。"这朴实的回应让我觉得沉甸甸的，一句"我们会回复每一封邮件"让我觉得非常安心。而这些都只是德国社会的一个小小的缩影，在这里大家可以做到互相尊重、互相支持、互相重视、互相信赖。

2009年到德国亚琛工大交流，是我人生中第一次踏出国门。当时搭乘了德国汉莎航空班机，它被评为世界上"服务最好的航空公司"。飞机上的广播使用德语、英语和中文三语播报，机上娱乐设施也同时配有这三种语言。飞行途中的航食也充分尊重了客人的饮食习惯，让大家能够感受这段旅途的温馨。机上没有过多的广播，如遇气流影响，安全带指示灯会自动亮起，而无须空乘人员再次广播提醒，以给乘客提供安静的休息环境。在德国机场，也很少看到匆忙、喧闹的人群。大家按照航班起降时间安排好自己的火车、巴士换乘时间表，因此，基本无须喧嚣的广播提醒。

不过，做到准时准点谈何容易，因此德国的火车、公交车、地铁基本都配备了详细的时间表供旅客查阅，列车大部分都可做到按时到达。当然，这世界上没有绝对的事情。我在2009年回国时就遇到了列车晚点近一个小时的情况，还好我安排旅程时为办理登机手续留了充裕的时间，没有错过航班。不过，后来我也得知，如果是因为德国铁路的晚点而导致乘客错过飞机，航空公司会为乘客无条件安排改签。为了满足乘客多而广的需求，德国铁路设置了多种票务类型可供选择，但是对于外国人来讲实在是过于复杂。对此，德国的大中型火车站都会设置问询处，这里会有铁路职员为乘客耐心解答问题、合理安排旅程。而且不会讲德语的外国人也不必担心，问询处的职员英语一般都非常流利，会耐心为乘客提供帮助。

不仅这些问询处的职员，大部分德国人也都非常乐意为他人提供帮助。我们曾在路上摊开地图找路，不出一会儿便有德国人主动迎上来帮助我们。我也曾遇到一位朋友把东西落在了上一座城市入住的青年旅社，发现时已身在另一座城市。本以为青年旅社也不是五星级酒店，大概不会为她寻找这件小东西。但是，这位朋友联系过青年旅社后，他们主动承担快递费用，将这件东西快递回朋友手中。还有一位朋友在火车上丢失了钱包，本来感觉找不到不想找了，但是外办老师依然帮她联系铁路职员。铁路方面收到消息后，多次向这位朋友收集、确认相关信息，尽可能地帮助她。虽然最终还是没有找回，但我还是被德国人认真负责的精神所感动。作为一个外国人，我在德国生活的这段时间切身体会到了被人重视的感觉。大部分我所接触到的德国人，在面对可管可不管的事情时，会停下匆匆的脚步选择"管"。

源于德国良好的基础教育及教育普及程度，德国人的素养普遍较高。这一点，我在慕尼黑的地铁里深有体会。上班高峰时段，人群略显拥挤却依然秩序井然，扶手电梯上总是有一边空出让给赶时间的人。地铁里很安静，很多人在低头阅读。有时，我们这些国际学生在地铁上闲聊反而显得有些突兀。德国著名作家歌德说过：读好书就是同高尚的人谈话。有调查显示，在网络电视传媒发达的今天，德国人仍然乐意花钱花时间去读书看报。对于德国百姓来讲，读书已经像喝啤酒一样成了生活中不可缺少的一部分。

可以说，第一次去德国我怀着强烈的好奇心和新鲜感，而第二次去德国就像是去会见一位一年多不见的朋友。但是，德国还有许多东西值得我去探索、发现和学习。临近本科毕业，我计划前往德国继续研究生的学习生活。短期交流和留学生活无法相提并论，留学意味着更大的压力和更多的付出。但是，有过这样的经历后，我相信自己的阅历会更加丰富，同时可以更好地了解这个世界，让自己的国际视野更加开阔。

在世界一体化的今天，人们对于这个世界的认知不应只停留在二维的新闻、电影的影像和别人的主观描述中，是时候走出去看看这个世界真实的样子了。作为学生，利用知识和所掌握的语言，在大学期间亲身参与学术文化交流、切身体会这个世界是最好的方式。到处走一走，看一看，用自己的真实体会对其他文化做出判断。唯有这样，才能了解到自己的文化中缺失了什么，自己的身上又需要加强什么。在这过程中会有迷惘，会有挣扎，会有困惑，但经历过这些，你会对所经历的有新的认识，对即将经历的有十足的信心。

最后，我想用德意志学术交流中心（DAAD，全球最大的资助大学生与科研人员国际交流的机构）的座右铭做结："Change by Exchange.（德语：Wandel durch Austausch.）"这个世界还有太多东西值得我们亲身探索和体验。

机场随笔

王沐黎 毕业于同济大学

经过周密的计算，我认定了早起去赶七点二十的飞机是件很不靠谱的事情，于是，我踏上了头天晚上最后一班去机场的地铁。

到了机场，首先遭遇当头一棒，我没有发现有休息室的痕迹。身后保安哥哥很淡定地跟我说："先生，航班都已经结束了，请不要往那边去了。"于是，时隔三年，我又一次在麦当劳过夜了。

虽然没找到休息室，但是今天晚上总体来说心情还是比较惬意的，没有考研的同志等成绩的忐忑，也没有出国的同志期待 offer 的焦虑，只有回家过年的踏实和欣喜。不过，这年头竟然还有没有插座的麦当劳，WiFi 就更没戏了。突然想起了前两天远方在网上发的征文启事。好吧，那么打发这无聊一夜的唯一方法，就剩下拿出笔写点东西了。

前段时间听说老寇喜得贵子，恭喜恭喜了！是金子总会发光，是好白菜肯定有猪来拱，是文艺青年就一定会有妹子看上的。对吧，寇老师？至少我一直这么安慰自己……

初中毕业之后，我离文学就越来越远了，大学又学的跟计算机相关的专业，应该说已经完全偏离了文学的道路。写了这么几段，我就查了至少十次手机，看看某个字到底怎么写，其中不幸包括"寇"字——我对不起您，还有我的语文启蒙老师涛哥。不过这一路走来，语文，或者说文学就像我的一根坚硬的脊梁，在背后默默支持着我前进。高考的时候，120 分的语文成绩帮我顺利地进入了一所全国重点大学。入学后，我发现其他人差不多都是以语文、英语几乎不及格，数学、理综几乎满分的成绩考进来时，我的双眼真的泛起了泪花。在这里真的要感谢老寇，感谢涛哥，真心的！这几年在和同学、同事交流的过程中，周围人对我的谈吐和素养都有明确的肯定，并且在各家公司的面试过程中，也有明显的帮助。

我自己想想还是觉得，老寇本人对我的影响更大一些。因为老寇自己就是个有鲜明个性和人格魅力的人。这在他授课的过程中体现得最明显。老寇当年最喜欢干的事情之一，就是在上课的过程中突然向我们倾倒他的价值观和人生哲学。举例来说，他讲李白，李白多有才啊，李白生平不得志啊，李白被贬啊，李白依然很乐观啊，诗歌方面取得巨大成就啊……然后重点就来了——所以做人要乐观，你们看我……于是镜头切到 20 世纪 90 年代的河北省青县，一个青年在高考失利后坐在自己母校的操场上喝啤酒，喝多了还砸玻璃！对了，还有那片让人魂牵梦绕的，反复出现的"大麦熟"花。

其实我小时候一直是个极度自卑、内向和没有主见的人，小学到初中甚至没有主动举手回答过任何问题。虽然我不情愿承认，可还是不得不承认，在选高中、选大学、选专业以及选工作或是深造的过程中，老寇的人生哲学都在心灵深处对我造成了深刻的影响，也导致了我做出的选择无一例外地都与家人的选择相悖，而我又无一例外地坚守住了自己的选择并收获颇丰。人常说老师要教书育人，我觉得老寇能做到这种程度，给一个学生的人生带来影响，应该也很难得了吧。

要说老寇的哲学到底是什么呢？我可能和计算机打交道太久了，表述能力严重退化了，我一句两句还真说不清楚。每个和他接触过的人，可能都有自己的理解，而这些理解可能千差万别，唯一相同的就是我们都能从中获益，因为这真的是一种积极向上的，属于年轻人的哲学。

话题有点沉重了，这不是我的风格啊！那么就再说几件有关远方和老寇的事以及老寇说过的比较"经典"的话吧！

还拿李白说，这是有关消费观的。你们看，上远方的课多划算，还赠送经济学课程！老寇说李白和杜甫之间比较大的区别是什么，抛开诗歌的风格，就是李白比杜甫有钱！而且李白的生活远比杜甫滋润！李白一生花钱大手大脚，但大部分时间手头都很宽裕，而杜甫一生节衣缩食，却一直穷得不行，这说明什么，这说明你有钱了就尽量去花！你只有花了才能有更多的钱！奇葩吧！这话表面上读起来狗屁不通，可偏偏有事实来佐证这些话，比如老寇自己就是个例子，我记得他花钱绝对是大手大脚的。去夏令营，在火车软座车厢里，老寇自掏腰包请好几十个孩子吃饭，一点不别扭。但是钱还真是越赚越多，事业越做越大。就在我写下这段话的同时，我突然对这句话有了点感悟：你赚到了钱，你就要用这些钱来让自己开心，这样工作才会有激情，事业就会更繁荣，对吧？

我记得老寇也是个很爱旅游的人，当年就建议过我们去全国各地走一走，看一看各地人们的生活状态，心境会不一样。在上海过着天天上下班挤地铁挤得像孙子一样的生活，还以为生活就应该是这样，到成都旅游了5天，我又发现了社会主义的优越性。那是从大熊猫基地回来的下午，我惬意地坐在内部是木质的公交车里，恰巧看见窗外马路边上几个穿着白褂的大厨和服务员很悠闲地在打羽毛球。有时候我们生活得实在太过匆忙，竟然都忘了生活本来应该有的样子。

本来是照着两千字写的，中间瞄了眼远方校内主页的要求，竟然是一千字。如果这篇文章有幸能让远方的弟弟妹妹们看到，那么我就最后给他们一点小小的建议。因为人生不像玩单机游戏可以存档，失败了可以读档重来。从小学到大学甚至以后，这一路的成长除了需要有人给你指路和你自己的分析与决策，运气也占了相当大的部分，我们能做的就是抛开运气，努力把握自己能把握和别人能帮你把握住的东西，尽量把这条路一次性走好。

首先我想说的是大学，很多高中老师和家长都喜欢跟孩子说高中苦一点，大学就可以完全放松了云云，其实这是一种很可怕的想法。上大学只是人生很多关键点中的一个，我们不能只顾着关键点而忽略其他，就像考试背书，如果你只背一些重点，你是不可能取得好成绩的。很多重点大学的学生荒废了四年，导致毕业了一无是处，考研考不上，出国出不去，工作也找不到，甚至连毕业证都拿不到，让大学之前的十二年所有的努力付诸东流了。我就是开始放松得太多，导致后面过得很辛苦。

其次我想说的是关于毕业后的打算。我认为出国、读研和工作这三条路的价值是完全等同的，没有高低之分，只有谁更适合哪个的区别。我建议弟弟妹妹们在做出选择的时候多听听自己心灵深处的想法，多问问自己到底想要过一种什么样的生活，也要结合一些客观的因素和限制来理智地决定自己的未来。一定不要盲从，祝你们都有一个美好的未来！

自从初中毕业后就想找机会去看看寇老师，一直也没有实现，实在是惭愧！给远方和寇老师的好话，前面说太多了，就不再说啦！祝你们新年快乐！

那些年 那些人 那些事

车赛

毕业于复旦大学

老寇当爸爸了。

从远方毕业这么多年了都没和老寇有过什么联系,说起来确实惭愧。前一段时间从寇头儿的人人网主页上得知这一重磅消息时,着实小震惊了一下。老寇正式完成了从当年为人师表的文艺青年到现在身负重任的超级奶爸的华丽转变。看着照片里抱着小寇的老寇标志性的笑,看着下面满满的来自四面八方的祝福,不由得感叹寇头儿真是个幸福的人啊,家庭美满和睦,事业上培养的学生也遍布了全国各地,真可谓是桃李遍天下了。

一眨眼,许多年。

在我的印象中，当年的老寇是一个侠客一样的人物，而且是独行侠，特立独行，不拘小节，豪情万丈。犹记得，来学校招生时，在一个十分破旧拥挤的小屋子里，他慷慨激昂，无数的诗词歌赋从他的嘴中滔滔不绝地吟诵出来，把遥远的《诗经》讲述得生动传神，一首《伐檀》令所有人捧腹大笑。我感觉侠客就理应这样，桀骜但不自负，透露着孤傲的感觉。也还记得，"远方"最开始条件艰苦，这节课上完都不知道下节课在哪儿上，老寇跑东跑西联系教室让我们的课程得以继续；老师少得可怜，老寇就一人钉了下来。现在一转眼，"远方"已经如此壮大，当时的学生们好些都到了做老师的年纪，时间过得真是太快了。

那一年，那些年。

说我的梦想是从远方起航的，一点不过分。2005年的暑假，寇头儿带队，一列火车载着我们的兴奋和憧憬奔赴上海。那年的寇头儿还是热血青年，为了我们会在车站和别人大吵，在街上不遗余力地扯着嗓子大喊；那年的我不过是一名初二的学生，沐浴在党和国家的光辉下，努力学习。我们来到了复旦大学，校园里的一草一木都令我流连，路上每一个背着书包的哥哥姐姐都令我敬佩和羡慕不已，自己以后能否和他们一样真正拥有复旦呢？当时我真的不知道，但至少梦想的种子已种下。"博学而笃志，切问而近思"，记得还和同学争论过这校训究竟应该从哪边读，翻出那年在校训碑前照的合影，边角已经有些模糊，上面也布满了灰尘。而如今梦想照进现实，我真真切切地拥有了复旦，每每路过校训碑总会回想起照片里的我，多么稚嫩的小屁孩，一晃快十年了，校训依旧，当年的我们却已天各一方。

那个人，那些人。

回忆为什么如此美好？过去并不是完美无缺，因为我们总能选择性地忘掉

090 | 远方有我

痛苦，把快乐留在脑海反复品尝，过去才变得那么美，成为生命中的一抹亮色。它可能是一次考试的成功，可能是去海边看到氤氲后日出的壮美，抑或只是她的笑。为了多看她一眼，一下课便趴在栏杆边往下张望，期盼着她能在同样的时间出现在楼下；为了能多和她走一段路，早上故意在路边放慢步伐，放学绕远路回家；为了她无意说的一句"我喜欢"，跑遍大街小巷去寻找，只为能看见她甜甜的笑。

　　那些年，那个人。

　　高考结束后，和几个哥们儿站在教学楼天台大叫，"我再也不回来了！"我们把几年的书扔向天空，以此告别了三年激情澎湃的生活。本以为人生即将奔向下一站，心中却有那么一些人始终放不下，不顺的时候总会拨通那几个熟悉的号码诉说，脆弱的时候也总希望他们的支持带给我力量。电话里，我们毫无顾忌地聊天，说我们用前面同学的背做掩护睡着在语文老师的课堂，说我们为了能吃到热的饭一下课就冲出教室玩儿命跑向食堂，说当时班上哪个女生最漂亮，现在又和谁在一起了。那三年是最纯粹的时光，仿佛轻若无物，却结实地压在心中最柔软的地方。

　　那些年，那些人。

　　天空没有翅膀的痕迹，但我已飞过。我们注定将是时间的过客，行色匆匆。精彩地经历过，我已无怨无悔。现在我仍要继续前行，而那些年里的那些人，那些事，也会在我的梦里陪我一路走下去。

我有远方

李纪姗

毕业于北京邮电大学

        终于坐下来要写写远方了。本来我很讨厌写文章这件事情，在心里瞬间百感，写下来却又不是那么个味道，所以我甚少写日志之流的东西，概括下来就是——懒。拟稿的时候也想过，就一张白纸交上去吧，我的千言万语尽在不言中，臆想老寇看到时脸上有三道黑线，我笑得都能开了花。不过话说回来，远方是不同的，它给了我最美好的岁月，值得我的万千脑细胞前仆后继。

        说说远方，给过我什么，给了我什么。前面说，它给了我最美好的岁月，的确是那样美好的。我在这岁月里遇见了张某某、郭某某和王某某。像不爱写文字一样，我也不喜欢表达感情，不喜欢为了别人改变自己，也很少交朋友。但是我居然遇见你们，在这样的岁月。一切的开始在远方，在西安。我在你右边，你在我左边。后来回想，感觉多么温馨，多么美好。到底那时候还是不熟的，几个人的小圈子，我还在外面游荡。但是在后来的所有时间里，忆起那年宾馆的超女、大雁塔的暴雨、美文大赛的文坛名家们，所有的一切都是最好的，都是我们的开始。

几个女生一起去厕所，一起写作业，一起学远方课程。那时候的晚上是在一边写作业一边打电话里度过的，我娘说，你不打电话就写不了作业吗？虽然每天作业写到12点1点，但是知道有那么个张某某肯定比我还晚，很是欣慰（偷笑）。周末是活在数学班、英语班、化学班、物理班还有远方班的，说起来很是繁重，可真正想起，没有负担，没有心酸，不过都是青春的记忆。阳光透过树叶斑驳地投在一群骑车少年的身上，那么美。我们没有慢镜头，却是真心地喜悦着一起骑车狂奔。至今犹记得周六下午从四小区到少年宫的路，好像还是有那么一群少年，赛车、欢笑、唱歌，好像还有那么几个男生，下课后跨过上了锁的车棚帮我们向外运自行车。

除了感情，远方毕竟是教给了我们文学。那个时候絮絮叨叨一直在背的一首首唐诗宋词不只是课业，更重要的是在演讲辩论时最坚实的后盾；让我们在与人交谈时，言语之间显露的是不俗的文化底蕴；让我们大小成了文化人。到后来，老寇办数理班，我还是颇为不屑的，碍着这一堆人都巴巴去上了，我又实在太闲，只好也去凑个热闹。事实证明，老寇者，天人也！这一个暑假的课让我整个高中的生活光芒万丈，万人敬仰。提前的学习给人极大的自信和热情，给高中开了顺畅的头，我学起来自然会轻松许多。不得不说，远方的数理课程也让我受益颇多。

其实忙忙碌碌地生活着、奔波着，远方也只是偶尔一闪而过的影子，时时想起，又时时忘记。一只小笨兔的出世惊破了沉寂已久的水面，叹远方、叹回忆的日志层出不穷，那段平静的蒙了尘的记忆不断被翻出，好像又生动起来。看别人的曾经和我所熟悉的曾经，那样历历在目，栩栩如生。不断有人说着远方如何如何，老寇如何如何，我看过笑过甚至哭过，却不能了之。我一直在想，是什么神秘的力量让远方成为可以迅速汇聚整个华北油田孩子的号角，让所有人为了同一个孩子的出生而欢呼，从长篇大论到一声叹息，无不感慨？长久不得其解，最后只得认定，就是老寇那歪嘴一乐吧——带给了这么多人值得记起的青春。不知道有多少个我在和寝室的人说着：老寇啊，那是一个不英俊却伟岸，不潇洒自风流的人物呀，他其貌不扬，五大三粗，但是我们都爱他。他说，如果我没当老师，就去当流氓啦。

老寇，恭喜你，年轻在这么多人青春的记忆里。

我们爱着老寇，爱着远方，其实也是忠于那时候的自己吧，忠于那时候充满热情、活力，无忧无虑，每天都灿烂的自己。我真的爱我，却回不到过去。上午坐在概率论课堂上想着即将动笔的这篇文章，我突然哭了。也许什么都不为，也许为了这一切，曾经有过又所剩不多的一切。

时间是把杀猪刀，它削去了我所有的光芒。也许再过七年，想起当初因为回忆就会流泪的傻姑娘也只会觉得，真是傻啊。我知道，以后的一切都只是以后，我们有的就只是现在。张某某的签名定格在一句话：我们浪费的今天是昨天死去的人奢望的明天，我们要珍惜的，就是今天吧。远方永远在远方，我们尽情眺望。

远方也许有过千万个我，可我只有一个远方。在过去，在现在，在远方。我留恋我即将逝去的青春。

远方 武汉

胡雨薇

毕业于中国地质大学

　　远方对我来说早就成了一个固有名词——油田那个有名的文学社。

　　听到远方文学社这个词，听说老寇，还是2004年的事情。那个时候我上五年级，同学报了远方文学社，跟我炫耀着远方多么多么好，跟我讲有个老师他们都管他叫老寇，很搞笑。偏偏我是一个对文学一点不感冒的女生，那时就没想着去报这么个班。直到2005年9月吧，我初一，记得远方来学校发了招生的单子，可以试听，周末就和小伙伴一起去了。名不虚传啊，虽然不记得当时讲了什么，但我是真的被这位老师吸引到了。他让我觉得文学课其实也没那么枯燥，让我这个一点不文艺的小孩在远方的陪伴下度过了快乐的初中三年。

那三年，每个周末我会和好几个同学一起骑着单车去上课；那三年，远方的课堂总是能够触碰到我们的笑点；那三年，渤海路上充满了我们的欢声笑语。

初一的暑假，我和美美一起跟远方夏令营来了武汉。远方的夏令营是绝对会让我们玩好的。先说印象最深的就是三五淳，很华丽的一个酒店，每次进出都会有五六个服务员说着"欢迎光临三五淳""谢谢光临三五淳"，三餐总是能吃得很舒心。再来就是玩了，我跟过武汉还有南京、上海的夏令营，每次都会看电影。我还记得跟美美一起逛完步行街，就带着武汉著名的辣鸭脖和一桶爆米花在影院看《超人归来》。那时的寇头儿很年轻，他还在长途汽车上给我们唱歌，唱的那首《恋曲1980》把我们都逗笑了。那时的寇头儿在饭桌上都不忘了教育我们要怎么放筷子、怎么吃饭、怎么学习中华传统礼仪，以至于现在我常常把这些细枝末节的事分享给朋友们。那时的寇头很有抱负，我记得坐在客车上，我们路过一所大学，寇头儿说如果文学社的六级课程学完了也跟大学一样给我们个文凭能找工作就牛了！

再后来，我上了高中，也就是2008年，远方开始开数理化的课程，上课的地点越来越多了，远方开始有自己的专用上课袋了。我听着小饭馆的老板说要把自己孩子送去远方学，我看着那些手提远方袋的孩子脸上露出一种仿佛很自豪的表情，老寇正在一点点奋斗着把远方办得更加多元化，更加有影响力。

2011年，我怀揣着对户部巷还有武汉各处美景美食的无限怀念重新踏上了来武汉的路。这次不是来旅游，而是要来上大学。我终于分清了当年的编钟表演是在省博看的，而那个满是古老化石和各种珠宝的博物馆就是地大的逸夫博物馆——我要上课学习的地方。每每想到我为什么会选择武汉，选择地大，远方总是能成为我想到的第一个理由，也是最简单的理由。

不久前美美让我赶快在人人网上搜下寇头儿，我才知道原来小笨兔已经来到这个世上了，这一晃也七年了。看到老寇那么多好友，认识的不认识的，不得不感叹：那些花儿已经散播在天涯。我多希望能再一次坐在远方的教室里感受那种美好的氛围，多希望能再一次和远方一起出行，找回我们最初的感觉。

如今的户部巷已经重新修建成了更商业化的旅游景点，再不是那个五块钱就能解决早饭的地儿了，虽然想起来就可以去，但是当时我向往的那种味道已经不再。

那些年

刘美汝

毕业于中华女子学院

2012年初,我在北京,拖着一个沉重的拉杆箱,从五号线艰难地换乘一号线,地铁一如既往地人满为患。在疾行的列车旁不时闪过一两块巨大的广告牌——《金陵十三钗》或者《大魔术师》。我目标坚定地往西站奔,军博倒车,进站,检票,终于折腾回了任丘这个我生长的小小油城。

已经是离开华油的第五个年头了,高中的时候去了保定,然后是重庆,再之后大学回了北京。十二月中旬的时候,在刷人人网时突然看到了远方的公共主页,知道了小笨兔出生的消息。人人网上一时间好热闹。在那一瞬间,我突然就想起了曾经那么多那么多事情，突然间就特别感叹，原来，都这么多年了。

寒假在家的时候，路过阳光大街的路口，我看到结束远方课程下课的学弟学妹们，手中淡蓝色的袋子上印有风中的蒲公英。看着他们三五成群结伴回家，我突然就想起来那些熟悉的日子，那些单纯明净的美好，以及寇头儿和每一位老师带给我们的欢乐，想起那个时候，在每个周末去上远方课程时，我放肆张扬地骑车呼啸而过。

那个时候我会背《长恨歌》或者是《孔雀东南飞》用来显摆，那个时候和朋友一起去远方是特别开心的享受，那个时候在远方认识了特别多的朋友。那个时候跟闺蜜雨薇一起去了武汉，在美丽的江城肆意挥霍着我们的快乐，我当年在逸夫博物馆洒了自己一身的水。五年后，雨薇去了地大，逸夫博物馆成了她上课的地方，她给我打电话说："当年那些钻石还搁那放着呐。"于是我就在北京嚷嚷："啊，实验课的时候偷一块出来啊，姐就跟着你衣食无忧了！"那个时候的我们还在上初中，一瞬间五年了。

看到一篇文章说，还记得十七岁时候的梦想吗？十七岁的梦想是一生中最干净、最真实的梦想。小的时候想去做记者或者当个编辑，原因呢，也许就是因为喜欢；刚上高中的时候，我想去学传播，希望用传播的视角让这个世界更美好；高三的时候我坚定地以为我会去学汉语言，这个带给我快乐带给我力量的专业。在十七岁那年，我离开保定，跟十七中告别，去了重庆。而十七岁的梦想，我确乎还记得——离开重庆，大学我想要去北京。十七岁那年最真实的梦想，竟然单纯到只是想要回来，而现在，梦想确实已经实现了。曾经一心坚定地想要去学中文，我的高考志愿上所有学校的第一志愿都是汉语言文学，只是真的应了那句话：高考的魅力不在于如愿以偿，而在于阴差阳错。高考的数学出了意外，情理之中却又在意料之外，随后，志愿被调，我就成了学前教育的学生。

也记得拿到结果的那个下午我就开始哭，打了很多个电话，很多人在那段时间给过我很大的安慰。我慢慢开始接受这个结果，这个从来没有想过的专业，原来却莫名地强大。我开始慢慢接受，开始慢慢享受在学前这个专业里我可以得到的东西和我可以享受到的生活。我开始慢慢了解，我想要的生活到底是什么样子。我开始慢慢明白，坚持着的理想，不曾放弃过的爱好，努力做好应该做的事情，就是生活，就是我想要的生活。

寒假的时候我回了东风，回了十七中，看见学弟学妹们或快乐或悲伤的模样，我不自觉地就想起来那些年里我们的样子。那些年，我们还在东风的时候。我跟姐每天混在一起，听她给我念叨动漫里的帅哥。那个时候，坐我后面的还是被我认为有点奇怪的小男生，他把我的笔记要过去抄。那个时候和雨薇一起分享最简单细小的故事，诉说每一段心事。那个时候，我还不喜欢和董宝宝逛街，也没有类似现在在一起说的那些烦恼。那个时候的我们，多小啊，小到我都想上前去抱抱那个时候的自己。似乎就是一瞬间的事情，成长来得让我们这么猝不及防又悄无声息。我今天都记得那时候我们如何备战中考，都记得我在任丘一中和保定十七中之间的选择。就这么一瞬间，我们却已经从高考的战场上归来，我们已经远离了那些只需要看书考试的日子。

我也记得那年我第一次去十七中就爱上了那里，那年我第一次去保定就决定放弃任丘放弃石家庄，我选择十七中。那些年里我也迷茫过，也不适应过，高一的时候我总是哭泣。总是在想自己当初的选择是否正确，总是回忆起原来走读的日子，于是开始常常想家。那时我总是为了不能及格的物理难过。然后，我选择了文科。春天来了，一切都开始好起来。那些年在十七中的生活，给了我足够多的快乐，让我慢慢变得成熟和自立。

现在的我，习惯了昌平肆虐的风，计划着回到朝阳本部的生活，过着简单的日子。曾经的朋友已天南海北却从未离开，我们相信着永远的信仰。我期待着能永远当一个简单、快乐、温暖的姑娘。

翻了翻原来写的东西，看到自己在那些年里记录下的心情。我意外发现，曾经的那些感触一直都那么清晰，那些年里给我温暖给我力量的人一直都在。在感叹时光荏苒的时候，我一点一点变得成熟变得强大起来。在平凡的生活里，越来越感激生活本身带给我的一切。美好的、悲伤的，抑或痛苦迷茫的。

我喜欢一个朋友空间里的一句话——有些远方我们从未到达。也突然想起来寇头儿曾经说过，幸福会在远方等你。我想起来那年我们在武汉，大家起哄让寇头儿去唱的那首《青春无悔》："开始的开始，是我们唱歌；最后的最后，是我们在走。"也许每一段生活结束了就会有下一段开始。但是开始的开始和最后的最后我们从来都不曾遗憾。谢谢那些年里的每一种感觉，美丽的、悲伤的，甚至是痛苦的。我都爱它，我爱它赋予我的成长。

我记得曾经和现在给我温暖的每一个人，我记得你们的好。给那些年美丽的岁月，给我们。

献给陪伴过我的每一个人，和我自己。

远方人

张洁　毕业于西安石油大学

> 我是远方人，心在远方，心在家。
>
> ——题记

身处在油田这个大家庭中，年少的我们似乎被赋予了比别人更多的希望。四岁，学习手风琴；五岁，学习舞蹈；六岁，学习书法；等到上学的年龄，各种学前班、补习班接踵而至。然而，在辛苦的学习中，我似乎更加向往那种自由的学习氛围，是远方文学社给了我这些。

老寇是个不得不提的人物，无论在不在远方上课，他似乎已成为油田中学生的偶像。每当大家提起他时，个个面带微笑。幽默的讲课方式，自由的学习环境，我想这是当代学生在学校里可望而不可即的。如今的他，可能不会经常给大家讲课了，但是我想当年的那种乐观向上的精神会一直鼓励着所有远方人。每个星期六的上午十点，是我们最快乐的时间，有趣的内容、鼓励的话语、融洽的师生关系，让那间不大不小的教室充满了欢笑和渴望的眼神。我想学习不再是一件痛苦的事情。

记得每到期末，远方都会有考试，前多少名会有什么奖，及格的同学都会有一年的《美文》月刊。我不是一个多么喜欢文学的人，但是我知道生活中离不开文学，它可以代表一个人真正的思想水平。我会努力去背，我想要知识，想要《美文》，想要奖品。其实在自由的学习环境下，当一个人真的可以把"烦"和"累"放在一边时，得到的不只是知识，还有享受。《美文》是陕西的著名期刊，初中三年一直陪伴着我，我想这是我最开心的，我很容易满足。

而真正改变我的，是那次西安之行。它赐予我力量，让我有机会了解西安，选择西安。依稀记得，我们从北京坐一趟极破极慢的绿皮临客，在路上有人吐，有人热，有人睡，各种不舒服，可是我们穿越了山西省，亲眼见证了梯田和千沟万壑的黄土高原。休息了一晚上，第二天我们就去参加了《美文》的作文大赛，我们这拨人就像是打酱油来的，而旁边的一群人是层层选拔出来的，我当时心里就相当放松。组委会规定我们大家一起写决赛作文，我清楚记得当时会场里安静的气氛，似乎空气已凝固，大概过了两个小时，时间到了就开始收作文。我的心情一直就很兴奋，就觉得是练笔，没奖项什么的，而且我见到了贾平凹、余秋雨、陈忠实、熊召政等知名作家，写完了就没事了。

过了一天，我们上午先去的大雁塔，大家照相呀，玩水呀。那天还下着雨，谁都不顾形象了，在雨里狂奔，我的鞋子里进了水，我也不管了，袜子直接脱了下来。等回到车上，老寇说要去参加作文大赛的颁奖典礼，我想了想跟我也

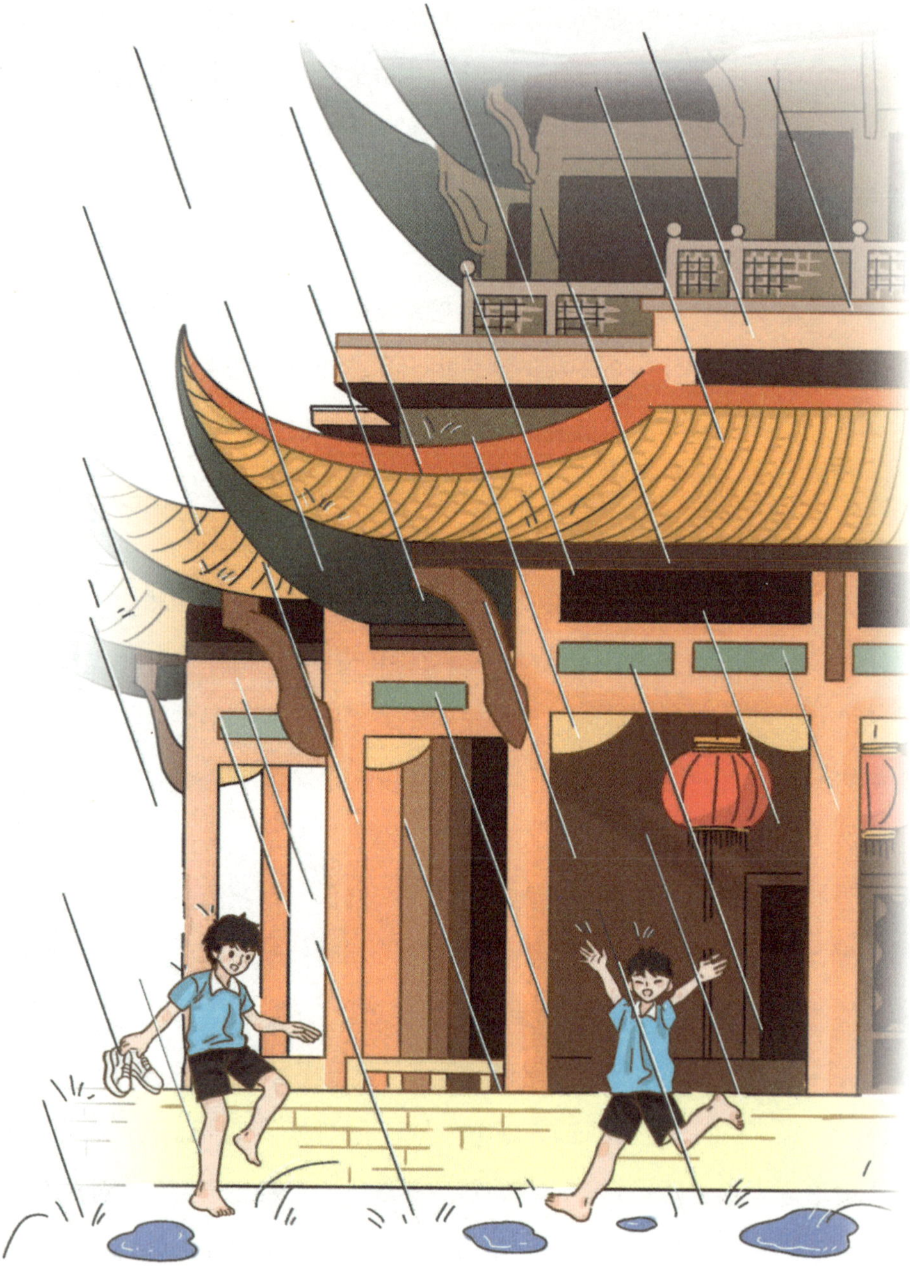

没啥关系，袜子没穿就不穿了吧。到了现场，没过一会儿就开始念获奖名单，当念到"作文大赛夏令营组二等奖获得者——张洁"时，我傻了，蒙了，我居然得了二等奖！走上台的那一刻，我知道了，我的作文得到了那些优秀作家的认可，眼泪不停地打转，记得是陈忠实老师给我颁的奖，他握着我的手说，继续加油，恭喜你。聚光灯、闪光灯齐齐向我们几个获奖者射过来，我知道我的努力，我的幸运，都是远方给的，远方让我拥有一个平台去释放自己，展示自己。典礼过后，我去了评委休息室，贾平凹先生给我写了一句话，"愿你心中的那朵花一直开放"。那一次，我的信心倍增，我相信我会有很好的文学功底，一切都不再艰难。

那次的西安之行，也让我在报考大学时果断地选择了西安这座城市，让我与西石大结缘。西安，这座古都，在我第一次来到这里时，给我留下了深刻的印象。我总觉得这里人杰地灵，古老厚重的城墙，高峻深邃的秦岭，庞大神秘的兵马俑，一切都那么舒服。当真正生活在这里的时候，我发现我的选择是正确的。这里真实、舒适，没有繁华大都市的忙碌、奢侈，但东西应有尽有，每个陕西人都那么享受生活给予的一切，积极地生活着。我的大学没有那么好，但在这里，我的各种能力可以发挥得淋漓尽致，我可以拥有一片自己的天空，足矣。朋友们、同学们、老师们关系融洽，每个人都为西石大贡献着自己的那份力量。我的家乡在河北，我的大学在西安，家与我相距千里，但我依旧感到温暖。

我想远方文学社让我拥有的不只是这些，远方在我的心里永远占据着一个特定的位置。

我是远方人。

三分之二理想

边思敏

毕业于东南大学

　　我不感性也不风雅，不愿彻底投入也从未疯狂，我没有文艺女青年的一头海藻般的长发，唐诗、宋词、元曲能背下来的也所剩无几。当好些人义无反顾继续你的道路选择学文的时候，我几经周折还是选了理；当许颖每年都在人人网上兴奋地讲述这个假期在远方当老师的经历时，我已和你失去联系多年——即使我在远方的那几年，考试得到的奖金比学费还多。

　　那时候上课要坐5路公交车，告诉售票阿姨科培中心停一下。忘了是二楼还是三楼的一间大会议室里，承载了我初二整个夏天的快乐回忆。那时候你骑"电驴"来上课，仲夏的艳阳下你突突突地来，再突突突地走。那时候你会把唐诗宋词编成一个个诙谐的段子，回想起来，很有郭德纲戏说历史的味道。那时候我上课喜欢说话，被你批评后为了面子还要跟旁边的人再说上几句。那年夏天的考试得了一个第一、一个第二，《开心辞典》里面关于诗词接上下句的问题我全都会。

你和远方，贯穿了我的整个初中生活。在远方的课堂上我背熟了几百首唐诗宋词，知道了古代官员衣服上的鸟兽玉佩与品级的关系，学会了看主谓宾挑错句子；我睡过觉吃过东西聊过天走过神，被你不止一次点名表扬过，也被你不止一次点名批评过，在某个晴朗的日子，好像还被谁表白过。

我记得文学三级考试最声势浩大，因为考试内容庞杂，考试人数众多，考试奖金也最高。颁奖那天你把我从人群里拎了出来，说，就是她。然后有个小姑娘找我签名，说留着以后等我出名了卖出去。

十二三岁那几年，我以为我天下无敌，我以为长大以后给我爸买架飞机、给我妈买辆跑车天经地义、轻而易举。

你在课堂上说过很多话，解说诗词，调侃历史，回忆往事，感叹人生。

你说理想都是打了七折实现的，这句我一直记着，粗算下来，大概三分之二。

在有2000个同年级同学的高中里，我渐渐明白这世界太大，曾经的天下无敌、叱咤风云也不过是诸多曾经天下无敌、叱咤风云中的一个，总有那么一道数学题我除了"解"什么都写不出，总有那么几个中国字我每个偏旁部首都认识，放在一起却一片茫然。

大学快要毕业了，国家不管分配工作，每个人的在校成绩不同、GRE/GMAT/TOEFL成绩不同、爹妈不同、财产证明金额不同、前程不同。我还没坐在离别的筵席上，就已经嗅到外面世界的血腥味道，我还没到银行给我第一张信用卡开户的年龄，就已然觉得三分之二架飞机和三分之二辆跑车都离我甚远。

十年前我一直鬼鬼祟祟地以为你会跟少年宫办公室那个秘书姐姐结婚，十年后你有了笨兔，而师母我还从未见过面。

有时候我想，如果理想要乘以 2/3 才能实现，那么要不要在树立理想时，先乘个 1.5 呢？又或者，我到底在追逐些什么，这些东西是否重要？

突然觉得之前的 23 年里，我的生活缺少细节，只是一些自己设定的框架，从一个跳到另一个里，清楚但没有血肉，理性但不够动人。所有的问题都来自我总是在想着自己到底需要什么样的生活，似乎所有旅途，一切改变的目的都是试图去经历不同的生活，想着超越当时的自己，而这样做的真正目的却还是个疑问。好像儿时满心期待的一次春游，挑选好行装，睡了好觉，做了美梦，第二天出发后才发现，树未发芽花未开，是我太过心急。

唯一清楚的是我慢慢发现其实每个人都可以很幸福，而我也只是在自己的轨道上继续前行。前行的真正意义不在于你能流连于多少别处从未见过的风景，徜徉于多少陌生的怀抱，而在于你能用心又开怀地灌溉着自己坚守的生活。而所谓的三分之二只是个幌子，只要在对的路上，就是百分之百的幸福。犹如那些在远方的日子，在生命里浅浅流淌而过，却留下深深的印记。

也许，老寇你说的三分之二的理想是为了让我们接受现实，接受幸福。

纪念

吕畅 毕业于中国石油大学

十年了。

一晃十年了。远方，对于每一个从华油走出来的孩子都不陌生。对于我们，远方早已经不再是一段学习经历，应该是我们人生的一部分。刚收到征稿通知的时候，我大脑一片空白，让我写下对远方的回忆就像让我做自我介绍一样难，似乎是因为太熟悉了。但当我认真地回忆那时候，记忆却像海水漫上了沙滩。

那时候的我，把文学当成人生的一部分，书架里摆满了《美文》，枕边总少不了唐诗宋词。

那时候的我，扎着马尾，背着书包，和伙伴三三两两晃在放学的马路上，喜欢的明星和远方是永远不会过时的话题。

那时候的我，日子过得懒懒的，经常在写作业的时候看着窗外的阳光，抬起脸，眯起眼睛，一晃神就是一上午，也从不觉得寂寞。

那时候的我，喜欢低着头走在马路上，踢着脚下的石子，想着陆游和唐琬的故事，思考着什么是爱情，什么是离别。

那时候的我，不知道什么是苦恼，抱着书本一页一页背古诗就是最让人发愁的事；背得昏天黑地，说话都七个字七个字地往外蹦，就为了老寇给前十名奖励的大蛋糕。

想到那时候，我忍不住有一点难过，14岁的夏天我现在还记得。

那是我唯一一次参加夏令营，去的是西安，一个充满历史味道的古老城市。那是我第一次独自离开家。还记得陕西的羊肉泡馍，我用了整整半个小时把饼掰成小块，为此我写了一篇关于羊肉泡馍的文章，说羊肉泡馍又难吃又难做。我想这也可能是参加夏令营那么多孩子里唯一一个写这个主题的吧。文章的题目我已经不记得了，就记得发表的报纸主题叫《少年行》，老寇还特意把我的文章和其他写羊肉泡馍好的文章排放在一起。可想我当时看到报纸的心情啊，完全没有发表文章的喜悦。还记得因为我们贪玩，爬骊山耽误了去华清池的行程。老寇因为其他队的老师说了一句不好听的话就大发雷霆，到今天还记得他说的让我感动到现在的话："我最讨厌的就是别人说我的学生，说我可以，说我学生不可以。我最大的特点就是护犊子！告诉你，我这辈子要不是当了老师，我就是个痞子……"夏令营的日子是在旅游团的大巴上过的，记得老寇给我们唱了《那些花儿》——

那片笑声让我想起我的那些花儿

在我生命每个角落静静为我开着

我曾以为我会永远守在他身旁

今天我们已经离去在人海茫茫

他们都老了吧

他们在哪里呀

我们就这样各自奔天涯

天涯，远方。

我希望所有的人都能快乐，都能在他们各自所在的城市，安静而满足地穿行，而不是一脸慌张地站在十字路口，迷失了自己的方向。

就在前几天，我还在想老寇结婚了吗，却没想到人人网上的老寇给了我这么大的惊喜，小兔子这么可爱。当时我不禁唏嘘光阴似箭，岁月如梭，想想我也是奔三的人了，在中国石油大学成了个地地道道的油二代，每天与古生物化石和寒武、奥陶的地层打着交道。班里同学总跟我说觉得我有文学青年的感觉，不知这是不是远方给我留下的印记。

自从上了高中以后，文学就离我越来越远了，翻看那时候我的日志，看到了这样的话："曾经天真地认为，要是给我一把剑，我就仗剑走天涯；给我一支笔，我就写遍天下的文章。可现在呢？剑，我用来削苹果了；笔，我用来算该死的不等式了。"天马行空的想象永远没有现实来得这样让人不知所措。当你把几亿年前生物的化石放在手中把玩时，会觉得不管你曾经是多么叱咤风云、称霸世界，死后的事也是想不到的，所以还是过好今天比较重要。

我的大学过得并不精彩，没有我曾经无数次幻想过的青春年少、血气方刚。也许当你学的专业已经看透了十几亿年前的世界又预测了几亿年以后的地球的时候，性情自然会变得沉静。但是，对文学的热爱是远方在我心中播下的种子，有的时候真的很想回到过去，回到曾经让我思绪无限的课堂，看着老寇讲到他欣赏的文人时眼睛里流露出的光彩，听着一句句的诗词变成一段段或感人、或激愤、或忧愁、或豪放的故事。

有时候说感谢很俗套，但有远方陪伴的这十年我真的丰富了很多。希望现在有机会坐在远方课堂的孩子，珍惜你们能够经历的每一堂课。也许你们现在体会不到，但当你们真的长大了，步入大学了，就会发现，你得到的不只是一些古人留下的文字，还得到了别人没有的气质与内涵。

就这样吧，用这篇文章纪念远方的十年，纪念我们的十年。

小猪的记忆

岳子惠

毕业于中国石油大学

在茫茫人海中，没有早一秒，没有晚一秒，我们正好相遇了。这就是缘分。

小猪听张爱玲这么说

年轮里有钟，皱纹里有钟，就算停止全世界的钟，也不能停止一秒钟。

小猪听微微这么说

现在是 2012 年 2 月 29 日 18 点 56 分，今天是特别的一天。今天考研出分，执拗的选择都有了交代，我们只剩祝福；今天四年一见，比春节还难得，我们说要一起庆祝大学里这唯一的一天；今天远方截稿，原谅我这么晚动笔，中午还被主页君嘲笑加@。我害怕，这样的白纸黑字怎么能承载那样不成熟的岁月，谁又能度量那份相识在心底的分量。

周围安静得能听到自己的鼻息，我仿佛闻到了那些夏天阳光晒草地的香味儿……

结识老寇是在2003年夏天，之所以能认识老寇其实完全是由于我妈对各种课外班近乎执拗的热爱和追逐。

"一个教语文的班，正好你语文那么差，快去学学吧。"

"我……"

"别说了，三年级了，还净写错别字……"

好吧，我输了。我还没告诉您，听写小测验时，我说"同桌，你借我抄抄"，他都鄙视地捂上了。

我乖乖地去了职工学校，你们都说初识老寇时老寇苗条清秀……呃，我怎么遇到老寇的时候已经能看到他若隐若现、呼之欲出的肚子了呢？老寇，这是我太年轻，还是我出道太晚？嘿嘿，好吧，那我说"相见恨晚"你会不会同意？

职工学校四楼最尽头的教室，我有幸见到真人版老寇，"招财猫"——是老寇给我的第一感觉。后来老寇经常给我们讲《水调歌头》和《念奴娇·赤壁怀古》（老寇好像很喜欢苏轼），奇怪的是我从没感到无聊厌烦。老寇给我们讲好多好多诗词歌赋，从诗经宋词到唐诗元曲，散文、诗歌、小说、杂文，屈子、东坡、李太白、辛弃疾、席慕蓉、郭沫若……都被坐在讲台上或背起双手踱步的老寇用富有磁性的声音娓娓道来。嘿，你不知道吧，听课也是一种享受呢，畅游五千年啊！哦，还能感受到老寇那从眼镜片后折射而来的独特目光，狡黠聪明，而洁白整齐的牙齿又给他平添了许多细腻和文气。

　　老寇的才华众所周知，按他的话说就是，教材后面的"名家名作"让我们一定好好拜读。哗啦啦翻过去一看，作者是"寇宝辉"！嘿，题目我已经忘了，但那是辞旧迎新的一篇纪念赋，写了老寇的高考和现在的生活。我还记得里面写的"交钥匙的时候也交付了我们三年高中的时光"，也记得"少年听雨考场上"，更记得"啤酒花""大麦熟"……

　　那时候我大概上初中，心目中的老寇爱笑爱闹，也有很多道理，但这样的"名家名作"却让我产生氤氲的感动和崇拜。

　　你的青春是潇洒的，你一直是潇洒的。

　　老寇是个细腻的人，很细。虽然他从来不说，但是他读歌词的眼神告诉我他或许曾经感到疼痛，或许曾经感到甜蜜，或许他是个有故事的人。老寇最后总会抿嘴一笑，有浅浅的酒窝，我知道，或许所有的或许，都叫成长。岁月里有风也有阳光，风吹干了眼泪却吹不走怀念。

　　　　这城市已摊开他孤独的地图
　　　　我怎么能找到你等我的地方
　　　　我像每个恋爱的孩子一样
　　　　在大街上琴弦上寂寞成长

　　我是从这首歌开始才故弄玄虚地找寻寂寞。事实告诉我，那时的我还太幼稚，寂寞不是需要寻找的，寂寞是有味道的。虽然小猪会寂寞会受伤，但是不会孤独。

在远方，没有东风、供应、钻二、机关的界限，我们都是小远方。到现在我见到华油同胞们都会问"学过远方课程吗"，几乎百发百中。记得那些炙热烘烤的夏天，在二楼听老徐讲痴情可怜的卡西莫多，看他画似乎很开心的阿Q。冰冷透明的冬日，没有暖阳，我一边骑着车一边问大猫"成语都背了吗"，大猫竟然都背完了！每次考完颁奖，我都好羡慕那些有钱花、有蛋糕吃的大神们……

在远方的夏令营，我非常喜欢大家穿一样衣服的感觉。有哪个小胖子又迟到了，有谁又穿错了衣服，有谁又偷偷串寝被抓了正着，还有谁把相机掉进瘦西湖成了反面案例……

大雁塔你听到了吗？老城墙你听到了吗？中山陵、夫子庙，你们都听到了吧，我们的脚步声、我们歪歪扭扭又执着坚强的成长声。

2009年6月，我也在高考考场上听雨。7月，我回到离开三年的任丘，在远方打打杂工。本以为老寇还会坐在讲台上挥斥方遒或泯然一笑，结果，远方早已扩大到不可同日而语的规模。老寇也早就有了自己的办公室，没有了生态鱼缸和鱼，没有了打"2750066"你就能听到的熟悉声音，但是"喔，小猪来了——"的招呼声让我觉得我离这一切都不遥远。

老寇爱开玩笑，可是对工作很认真。他常常问呼啸而过的学生们"xx课讲得怎样"，谁没来也都要反馈记录。我喜欢每次上课前老寇站在楼道里告诉那几个横冲直撞的小子"什么什么教室在几楼的哪哪哪"，这让我觉得多了几分严肃和成熟的老寇其实还是原来的那个潇洒青年。我喜欢那个推着小牛下水帮我捞相机的老寇，我喜欢那个夫子庙里凭借营服错认路人一脸尴尬的老寇。我真心希望你永远开心。

偶尔在路上看到提着远方手提袋的孩子们，我都会让思绪慢一慢：用心上课吧，你们收获的绝不仅是文字。

2002—2012，感谢那些小猪遇见和遇见小猪的人。

2011年12月15日，笨兔出生，谁也不知道这件美好的事带来的蝴蝶效应将有多大。远方文学社人人网公共主页诞生，听说它还有一个"善良勇敢"的主页君。老寇也有了自己的"人人"，访问量逐天激增。更感动的是那些旧时的名字——我崇拜过的偶像们、并肩作战的兄弟们，一起送来了暖暖的祝福。老寇开始传照片，十五天、满月、两个月，我见过许多许多样的老寇，这样的老寇却是最幸福的。祝福兔爸，祝福一切。

2012年，我21岁。

那天偶然看到一条状态："小时候我总想上北大好，还是清华好？现在看来真是想得太多了。"哈哈，无论怎么样，无论选择了什么，不同的道路有不同的风景。为什么不豁达呢？到不了巴黎也可以看日出、到不了爱琴海也可以看日落。你看——你拥有的记忆都叫作美好时光。

远方的记忆

赵津　毕业于西安石油大学

提起远方，有些同学会想到长途跋涉后到达的地点，有些同学会想到无限憧憬的人生未来；而对于我来说，老寇和他的远方文学社会首先蹿入我的脑海。确实，远方文学社是我的学习生涯中的一抹色彩。

首先，谈谈创始人寇老师。他是很能感染人的，乐观积极，很有亲和力。听了他的课，我才更加相信学习原来可以这么快乐。老寇的人生经历也深深留在我脑海中，虽谈不上跌宕起伏，但也是有些磕磕绊绊，比如他的高考失利与他自己的调整都对我的人生产生了影响。

第一次到远方上课，是试听课，很快我就被寇老师诙谐的语言感染了，随他一起进入了以往我认为枯燥的文学世界里。一节课很快就讲完了，捧腹之余，我认为这里值得我学习。就这样，一节节课下来，轻松愉快，对于知识的印象却也非常深刻，而且远方的课程安排得非常有条理，循序渐进，从古至今，从国内到国际。三年后我的文学素养有了很大提升。

远方的每位老师都是出类拔萃的，不同的课程有不同的老师和不同的授课风格，但都能自然地将我们带入知识的殿堂，让我们尽情汲取能量，包括后来远方办的理科培训和礼仪培训都一样精彩。

因为远方，我第一次看到自己的文章出现在了报纸和书上；因为远方，我第一次体会到靠自己的努力学习获得的物质上的奖励——远方对于成绩优秀的同学有现金奖励和期刊《美文》奖励；因为远方，我第一次欢乐地融入课堂，融入学习，感悟人生；因为远方，我第一次连续每周都能看到优秀的文学巨著改编的电影——为了让大家对名著能更快更深刻地了解，远方购进影视光盘供大家观看。因为远方，我得到了很多很多……

通过远方，我获得了更多的友谊，认识了许多朋友，来自油田的各个学校；还有远方的夏令营与冬令营也是非常有意义的，当时我没有参加，现在想想还真是有些遗憾。且不说从远方学到的知识有多少，那些人生中的道理能使我们终生受用，那些友谊长存于生命中。

转瞬之间，十年已经过去了，我已从一个懵懂的初中生成长为了一名大学生，远方更是从一个小小的文学社成长为现在的拥有多个校区和更多课程的教育机构。远方，仍以它特有的方式教书育人，不断地为社会培养人才。在此，我以我简单的文字，祝愿远方更加茁壮。

走吧 走吧

刘杨 毕业于中国地质大学

　　两个小屁孩都是一手拿着金丝猴巧克力，一手拿着小洋人饮料，倚靠着道旁的路灯。其中一个明显头大的小孩说"时间过得好快……""是啊。"另一个目光呆滞的这样应道。两个人都想再说些什么，可是似乎又没话可说。两个人都生疏地模仿大人的样子忧伤地摇摇头，道别了。

　　离开远方四年半的我，一直把远方当作我们这些孩子的标记。带着这个标记，我们奔向不同的远方。带着这个标记，就像带着我们最耀眼的青春。

　　"刚上车的同志请刷卡，没卡的同志请买票。"售票员穿着一身蓝色制服，熟练地为刚上车的乘客扯下车票，找好零钱。公交车急急地关上了门，一阵拖沓后，驶向下一站。车上的人不多，我坐在一个靠窗的位置。环顾四周，车上一片沉静，每个人都十分无聊。靠前的座位上坐着两个青年，都耷拉着脑袋困意十足，坐在我前面的中学生不亦乐乎地切着水果，售票员一边打着呵欠，一边把手伸出开着的车窗，似乎想用迎来的风带走身上的疲惫。也只有到了另一个站台，我才会在售票员的声音中感受些许热闹。

看着窗外的风景匆匆而过，我眼前产生一种错觉：那些陌生的事物飞快地涌动，不同时光、不同地方、不同窗口里都是一样飞逝的风景。这样的错觉，就像为我开启了一道门，通向那些时光。

"老寇，唱一个吧！"伴随着这样的吆喝，老寇起身站在了西安夏令营大巴车头的位置。他拿起麦克风先讲了个笑话，逗得大家合不拢嘴。然后，他说："我不太喜欢《江南》，里面的感情太虚。我给你们唱首《爱的代价》吧……"。

"走吧，走吧，人总要学着自己长大；走吧，走吧，人生难免经历苦痛挣扎……"伴着这歌声，当时坐在靠窗位置的我，看着外面的长安古城墙，现代的大都市一股脑儿退到身后，晃乱了自己的思绪。那时我并不了解《爱的代价》，我还憧憬着《江南》里的爱情。

大巴开着开着，驶出了西安，窗外的风景就换成了一个操场。那个既陌生又熟悉的操场。上午最后一节课，太阳烘烤着篮球场，使它带上了体温。地上平躺着那时的大头、小嫦、硕臀、杨师傅还有流氓。大头那时的头很大，他叹了口气："中考以后再也没机会这样了吧。"小嫦大智若愚地答非所问："这样躺着还真舒服啊！"贱贱的硕臀爬起来从我们身上跨来跨去，惹得杨师傅只好起身试图把他按倒。流氓感叹着"天好蓝啊好蓝"，不知道跟随哪朵云在发

122 | 远方有我

着呆。所有的事物在阳光里太刺眼，刺得眼睛痛，但是又有着奇怪的魅力让我不忍眨眼。

风景不断变换，我看到关于远方的很多，也是关于我的青春的很多。那时天天快乐疯癫又天真的我们似乎仍在眼前。

不知不觉，我走到一个路灯底下，手里拿着远方最后一节课结束时小红老师从车上递来的金丝猴和小洋人。旁边是大头倚靠着杆子，叹了口气："时间过得好快……"

"你还记得刚发下学员证的时候吗？"我说道。

"啊，记得！那个时候咱们都装成港台警匪片那样把证一晃，说'你被捕了！'哈哈，那时好好玩！"

"咱们去远方上课换了好多地方呢，学校、消防队、锅炉房，哈哈……"

"对对，那时候有几次没钥匙还是咱们翻进去开的门呢！"

"还记得小红老师说咱们几个太吵闹，像是几只小刺猬吗？"

"哈哈，那个时候，还说二氓是咱们带坏的，老师也太不会看人了。"

"写作课的老师好凶。她给咱们代课的时候，咱还一起翘课出去玩呢。"

"每次的作文分她都不给及格。"

"还不是因为你都在瞎编故事啊！"

"最后一次是老实写的，也没发下来……不知道得了多少分呢，应该会及格了吧？"

"哈哈，我看不会。"大头说着跑开。

"你说什么！"我追在后面想要抓住他……

"下一站xxx，要下车的同志请提前准备。"售票员的声音像是开启了另

123

一道门，把我带回了现实。看看公交车上的同行者，早已换了一批新的面孔。那两个耷拉脑袋的青年不知从哪一站就下了车，玩水果忍者的初中生也回家了吧。我也到站该下车去往我要去的地方了。这样想着，我起身走向门口。

车停了，门开了，下车了，车走了。

"还记得年少时的梦吗\像朵永远不凋零的花\陪我经过那风吹雨打\看世事无常\看沧桑变化\那些为爱所付出的代价\是永远都难忘的啊\所有真心的痴心的话\永在我心中\虽然已没有他……"

走吧，走吧！

关于老寇的记忆

游家生

毕业于南京工业大学

我一向讨厌上课外班，从小学到高中毕业一直都是。可是人在校园，身不由己，从小到大我还是在老师和老妈的双重胁迫下，上了不少课外班。实话实说，其中大多数班都不合我的胃口。比如我自幼痴迷武术，却被拐骗到书法班，同样是国粹，不知道为什么家长都重文轻武。总之，这些乱七八糟、不知所云并且略带诈骗性质的课外班给我留下了巨大的阴影。

所以，应该不难理解，当我妈劝说我投身远方文学社的时候，我是怎么样的心情吧？当时我上初二，生活多繁忙啊。首先，周一到周五我得在我妈的监视下，挤出为数不多的上课时间用来走神，因为我妈是三班的班主任，而我在同年级的一班；其次，我周六还得在上完英语课之后抽出半小时去网吧打游戏，时间要把握得刚刚好，时间太长的话，我妈就能根据弥漫到我身上的烟味判断我的行踪，剩下的时间我还得在我妈买菜的时候偷看电视，在做作业的时候想隔壁班的漂亮姑娘。总而言之，实在很难抽出两个小时去上文学社的课。可是，"母命难违"这词听说过吧，我最后还是去了。

老寇确实非同一般，我没见过他这样的老师。虽然他总说自己玉树临风、潇洒倜傥，可是从外表上，你绝对很难把他和这些词联系在一起。一双小眼睛在一副小眼镜后面闪着狡黠的光，加上略微自来卷的头发，像只减了肥的加菲猫。可是他这么介绍自己并没有说谎，他虽长得不帅，可是气质超群，用今天的话说是"霸气外露"，不不不，应该是"帅气外露"——罗永浩那种类型的"帅"。他会坏笑着给全班讲笑话，叉着腰，小眼睛一闪一闪的，肉麻地说他眼神里透着智慧。我竟然不知不觉喜欢上了这个文学社，享受着在课上听他演绎那些《诗经》里的故事，享受着他把我们班上的各个坏小子编排到他的笑话里。罗永浩说过"教育也可以很酷"，寇宝辉是我见过的第一位很"酷"的老师——虽然他外形并不高大威猛，也没有他自己形容的那么帅，可是他内心的一些很"酷"而且很"帅"的东西感染了我们。在以后的日子里，我也极少见过哪位老师能够与之媲美。

后来我知道，老寇其实早就在我们油田声名大噪了，他之前和我妈妈是同事，在同一所初中教书，都是语文老师。老寇在校期间干过三件大事：一是创办了"小荷"文学社，也就是远方文学社的前身；二是和武警退役的小牛老师收拾学校门口的小流氓；三是从学校辞职，铁饭碗不要了。不知道老寇辞职的具体情况，那是我学长的学长的学长……那个时代的事情了。听说他上课总是爱讲些诗中的故事、做人的道理，不把学生叫到办公室背课文，学生们都爱他。现在回想起来，初中那些课文仍然能熟记的已经寥寥无几了，印象深刻的仍然是老寇讲述的陆游和唐琬在沈园的凄美爱情故事，还有《诗经》里"投桃报李"的浪漫典故以及"琼瑶"名字的深刻含义。

上了大学，我接触到的老师，更多是为了混口饭吃而混日子的上班族，唯一没有逃过的课是陈梅老师的《马克思》，她让我们抛弃课本、学会独立思考的慷慨激昂的演说总让我觉得似曾相识。今天想起来其实我初中就上过同样精彩的课。

今天在人人网上偶然看见远方文学社开了公共主页，最新一条状态居然是老寇有了寇小辉了，突然间当初那个玉树临风、潇洒倜傥的老寇，又在我的记忆里鲜活了起来。寻根觅源地找到"远方"的网站，发现宣传照片里的老寇富态了，有了点中年人的气质，不过他调戏石狮子时候的坏笑还是跟十来年前一模一样。

十多年后，我庆幸的是，老寇的课，还有他教我们的那些为人道理，让我觉得，至少还有那么一小部分人还在快乐幸福地生活着。当我在昏暗的环境里偶尔消沉的时候，他们还能像一束冬日里照亮空气中尘埃的阳光一样，让我及时振奋起来。

记得讲现代文学的时候，老寇和我们说歌就是唱出来的诗，并且给我们放了朴树的《那些花儿》。朴树缥缈的嗓音，唱出离别多年之后对老朋友的想念，这首歌到现在还是我最喜欢的曲子。"他们都老了吧，他们在哪里啊，幸运的是我，曾陪他们开放……"

那些小事

张云开 毕业于河北经贸大学

很久没有写东西了，但在人人网上看到征稿的通知，我还是忍不住打开电脑，用自己已经十分生涩的文字，来纪念一下远方。因为远方对于我还有着另一个意义深刻的名字——青春。

初见老寇，是在远方的一节试听课上，印象中老寇是在讲中国文化的起源。当时就觉得这个老师有着与其他人不一样的气度，有一股自由的味道。他不会一板一眼地去讲书上的东西，而是将学生带回到那个遥远的世界。还记得那堂课最惊艳的时刻是他学猿人挠头，引得全场哄堂大笑。那时我就悄悄地决定，我一定要跟着他学下去。

报名的时候，我挑了 17 号座位。不知道是什么原因，也不知是出于什么样的执拗，此后我连续两年早早地报名，只为了能继续坐在这个位置上。

远方老师的特点非常符合他们所讲的课的风格，这是我一直坚信的一点。记得给我们讲杜甫的老师就是十分稳重的那种，总是给我们一种忧国忧民的感觉。而给我们讲郭沫若的那个老师则有着烈火一般的脾气，还记得他在课上当面训斥人的时候吓得全班鸦雀无声的场面。他用方言给我们朗诵《炉中煤》的情景我现在还记忆犹新，以至于在高中语文课上，老师讲郭沫若，提到《炉中煤》的时候，我差点脱口而出："啊，我念睛的女郎。"

不过，我最喜欢的老师还是老寇。我到现在还认为，李白真实的样子就应该是老寇的样子：潇洒，随性，仗义，有才华。还记得他讲《孔雀东南飞》的时候，郑重地说："记住了，这是中国古代最长的一篇叙事诗。"然后一脸从容地，一句一句地背出来并给我们逐字逐句地讲。还记得他给我们讲契丹历史时，故意将耶律两字读成野驴，让大家乐翻了天。还记得他最经典的上课姿势：两只脚踏在椅子面上，而人却坐在椅子背上。我不止一次跟别人讨论过："你说老寇总是这么坐，会不会摔过呢？"还记得跟随老寇一起去武汉玩，下木兰天池的时候我没站稳摔了一下。中午吃饭的时候，有一道汤特别抢手，大家基本上都只抢到了半碗，老寇却单独给了我两碗，美其名曰"病号汤"。还听说老寇在一次上课的时候怒打两个来教室挑事的小流氓，这件事被我们在私底下讨论了很久。还记得每个假期的时候，远方印发的假期推荐阅读书目；还记得每次考完试开表彰大会时，老寇在主席台上字正腔圆地念出我名字的时候，我内心的喜悦与骄傲。有太多太多的记忆碎片涌了出来，我觉得我的逻辑混乱了……好吧，说实话，老寇，你就是我们那个时候的偶像。

不得不开始感叹时光的力量，坐在阳台花费一下午的时间去背诵《琵琶行》，每周末拿着各种名著的光盘开心地看，花费心思熬夜去准备结业考试……一切一切有关青春的事情，都已经离我远去了。我已经很长时间没有去回忆了，真心地对埋葬在记忆深处的青春，说一声，对不起。

前一阵子在人人网上听闻寇小兔同学的诞生，我真的很开心。小兔子，你要快快乐乐地成长哦，要知道，你有个那么了不起的老爸，他可是无数哥哥姐姐的偶像。当然也希望老寇的远方继续红火下去，等到我也有儿子的时候，带他去上远方课，并且自豪地告诉他，这可是你老爹当年拿手的课程！

十年一梦

孙雪梅 毕业于天津科技大学

2011年12月28日，地铁西北角站，我翘首期待着那辆黑色宝马。不息的川流见证着岁月的苍老，时光的飞逝抒写着青春的故事，让人想起往昔的韶华。一缕阳光从对面大楼的玻璃上反射过来，我把眼睛眯缝成一条线，举起手阻断了阳光的干扰，双眼再次成功睁开。不远处，一只幸福的大猫正驾着他的坐骑缓缓而来，优雅地停靠，会心一笑。这一笑，仿若穿越回了十年前。

那时上初中吧。不似小学时的稚气未脱，已多了几分青涩懵懂。欲说还休，欲说还休，为赋新词强说愁。记不得是几经辗转，听说有位高人在某间草堂内开办了讲堂，讲文学。一直以来觉得文学这个东西好不靠谱，摸不着，看不着，闻不着的，说大可大，说小可小，这种气息人人可感受，又因人而大有不同。本着来增加增加修养，培养培养情操的原则，我光荣地成了草堂的一份子。

  初次见面，请多关照。高人不高也不帅，但是乐呵呵的，十分可爱，方形的黑框眼镜，让无数人觉得怎么那么像白岩松，颇具文人的那个范儿啊！

  行家一开口，便知有没有。张口伊始，便是点名。大家已经习惯了某些人的名字被老师们念错，然后台下齐声报来正确的读音。但令我微微惊讶的是，这一现象，在持续了N年之后，戛然而止。好的开始，是成功的一半。神人与凡人最大的不同是，神人能感化人。夕阳渐渐褪去，夜幕款款拉开，蟋蟀替代了知了。此时的草堂可谓热闹非凡，孩子王给每个孩儿都赋予了新的身份。他们出现在唐诗里，有人是江边披戴着蓑笠的船夫，看遍"万里送行舟"的依依惜别；有人是塞外驰骋的将军，体味凯旋后酣畅淋漓的"对酒当歌"。他们出现在宋词里，感慨"相顾无言，惟有泪千行"的辛酸无奈；品尝"蓦然回首，那人却在，灯火阑珊处"的欣喜若狂。

  那一年，华油出了一朵奇葩，他带领着稚气未脱的孩子们遨游文字海洋；那一年，我开始懂了，原来在文字中还有另外一个世界，是灵魂纯粹的碰撞，是精神喜怒哀乐的讴歌；那一年，我开始痴迷读书，沉寂的心灵被激活；那一年，我被痛批过，也被表扬过，积淀的情感最后转化成了对老寇的崇拜和感激之情。

  而那年之后，我开始理解爱从不卑微，任何感情的付出都是高尚的；那年之后，我开始学着认清自己，懂得自己想要的是什么，明白自己适合什么；那年之后，我知道了做事情要当机立断，抓住机会，但也忌武断，要脚踏实地。

多年之后，草堂成了培训中心，小摩托成了大宝马，常人看不见的艰辛终于结出了累累硕果；多年之后，小笨兔的降生让老寇的青春完美谢幕，童年重新开始；多年之后，我即将大学毕业，奋斗之船也要启航了。

大猫说，人啊，好久不见的话，就容易将时间还定格在当年。这一梦，十年如昨。同志们，请坐好，梦想之船就要启航啦！

与快乐相伴的日子

张晓宁 毕业于天津大学

不知道是因为学理科的时间久了很少写东西，还是因为回忆起这段时光有太多太多想要表达的东西而一时语塞，从决定要写这篇文章到真正开始写大概用了半个多月的时间。每次打开电脑看着屏幕上一闪一闪的光标，脑子里有千言万语，却始终整理不出合适的句子来表达。快到截稿日期了，嗯，开始写。

刚刚开始学远方课程的时候我还是一个在上小学的娃娃，转眼间我已经开始读大学，算得上是远方的前辈了。虽然时间过去了很久，很多关于远方的记忆都有些模糊了，但我始终没有忘记，那是一段与快乐相伴的日子。即便到现在，每当想起那段时光，快乐的情绪还是会从心里蔓延到嘴角。

我想大部分同学应该和我一样，在一个无聊的下午，上着一节无聊的课，实在听不下去了就拿出手机刷人人网，然后就突然发现了远方文学社的主页，听说小寇出生的消息。那几天人人网上格外热闹，很多人写文章回忆在远方的日子，看着那些熟悉的不熟悉的人名，想着那段已经过去好几年的时光，我突然觉得有一段这样的回忆很幸福。我们都一样，我们都是"远方人"。

刚开始学远方课程的时候，我背着一个有机器猫图案的黄色书包，留着一头短到不能再短的小子头，经常会被当成小男孩儿。那时候老寇20多岁，还没有宝马，更没有小寇。从小到大有过很多位语文老师，我并不好去评价哪个好哪个不好，但老寇一定是其中最特别、给我留下最深印象的一个。作为一个一直对数理化格外偏爱的人，虽然我对语文没有太多的兴趣，虽然上课的地方也只是一个破旧的会议室，但是每个周末要上课之前我都会早早跑去占座。每当听到一阵摩托声从老远的地方传过来，我一周里最快乐的时刻就开始了。

学习了远方课程之后的第一个暑假有一段很难忘的旅程，是去西安。记忆中有十分闷热的天气，有像蚊帐一样的红色文化衫，有《美文》比赛，有留在西安很多马路上的歌声，当然也少不了汗水和欢乐。可能是因为那是我第一次独立在外面生活，所以印象特别深刻吧，很多嘻嘻哈哈的段子现在还感觉犹在耳边，很多名字现在还记得十分清楚。

初中毕业之后就真正开始了一个人独立的生活，经历了高考，尝到了将近二十年第一个小挫折。高考的意外失常让我阴差阳错地继续留在了天津，在天津生活的第五个年头，我已经爱上了这座城市，也爱上了我的大学。虽然她的名气并不很大，虽然她存在很多这样那样的问题，但是我爱它，我很享受我的大学生活，忙忙碌碌，乐此不疲。我早已不再去设想假如当初怎么样现在又会怎么样，有人说，高考的魅力不在于如愿以偿，而在于阴差阳错。其实，我们未来的人生道路不也是一样吗？20岁的我，正在自己的道路上摸索前进着，偶尔有一些迷茫的时候特别喜欢听一首叫《启程》的歌。歌词里说："向过去的悲伤说再见吧／还是好好珍惜现在吧／你寻求的幸福其实不在远处／它就是你现在一直走的路。"

小寇出生后我给老寇发信息祝贺之前，心里特别忐忑，生怕老寇早已经把当年的那个小小的我忘得干干净净了，所以收到老寇信息的时候特别开心。他跟我说："记得啊，记得啊！"我觉得能够被人记得其实是一件很快乐的事情，所以老寇一定特别幸福，因为有我们这么多学生从来就没有忘记他。

虽然现在的我在一所大学里面学习着纯粹的工科专业，每天和各种各样纷繁复杂的数字公式打交道，与文学已经渐行渐远了，但这都不能让那段快乐的日子在记忆中消失，它已深深刻在我的生命中，和我一起成长。

有关爱 有关时光

卫思祺

毕业于西南石油大学

弗吉尼亚·伍尔夫在晚年给丈夫的信中写道:"记住我们共同走过的地方,记住爱,记住时光。"

我一直在想,应该以一种怎样的心情、怎样的状态,来写下这段我无比看重的文字。

耳机里的音乐随机到了陈奕迅的《好久不见》。我放下手中不再冒热气的玻璃杯,水面漂着的三两朵茉莉花,因为杯底和桌面小小的触碰在水里轻轻晃荡着,一如我现在因为听到"我会带着笑脸,回首寒暄,和你坐着聊聊天"而微微颤抖的心。

那些有你有我的日子,那个坐着你我的教室,那段你我共同走过的路,好久不见了。

彼时的我们,还是十三四岁的小孩子,在那个当时觉得破破的小华油上初中，不识愁滋味；时隔多年，我们坐在天南海北的教室里，听着相去甚远的专业课程，每年回家的次数屈指可数，偶尔愣神，想念过去的一切。流光，可惜。

一天天地长大，书念得多了，题做得多了，经历得多了，可是有些东西却淅淅沥沥地流逝了，时常会怀念那些日子里纯粹的笑声、纯粹的笑脸、纯粹的友情……干净得就像不含任何添加物、无杂质的纯水。

那时候的我们刚刚升初中，可以骄傲地宣告自己不再被形容为"小学生"了，可是我们稚气未脱。和任何一个玩得好的人成为好朋友，用一份现在看来难能可贵的真诚对待每一个人。现在想来，大概是因为那时的我们大多无欲无求吧，心里那点所谓远大的理想还遥不可及，虚无缥缈着，也就很少去和别人争什么，也许唯一值得争一争的就是期末考试一个漂亮的分数，抑或是远方每次考试会奖励的十个蛋糕。嗯，那时候的我大概就这么点追求。而身边那些好朋友，在我看来，也大抵都是这样吧。所以那时的友谊很干净，令现在的我们很怀念。

最真实的喜怒哀乐全都埋葬在昨天，不掺任何的表演，轰轰烈烈那几年，我怀念。

别怀念，怀念也回不到从前。

每个周六的早上，拎着几本教材和笔记本晃晃悠悠地去少年宫上课，从唐诗宋词听到冰心曹禺，从"落花人独立"听到"云破月来花弄影"，从薛涛笺听到古代服饰礼仪……读着那些装帧略显简陋的教材上美丽柔软的文字，在那些美好的清晨，感觉阳光都是香的。也是从那个时候起，开始迷恋一些古典的东西，迷书法，迷古筝，迷方文山填的词……

在远方上课的时候，做笔记从来都是用钢笔，打蓝黑色的钢笔水，总觉得，用钢笔做笔记求的是一种感觉，钢笔水散发出的那种淡淡的香味是其他任何一种笔都模仿不来的。我还很变态地喜欢看钢笔尖落在纸上墨水流出的刹那，墨水从落笔点开始顺着纸上细小的纤维纹路慢慢散开。我还很矫情地想过，墨水里一个一个的小分子在分别的时候会不会很难过呢。那时还没有意识到，不久之后，我们也会像那些小分子一样，以华油为中心，顺着地图上一条条铁路和航线四散开来，离别时刻，我们竟无语凝噎。

于是就这样去上高中了，去了一个离家不远但是没有远方的城市。高中很忙，一直都很忙，忙着做题，忙着上课，忙着整理笔记，忙着改错题，虽然仍然坚持着在每个月两天假回家的时候买书的习惯，可是在家的那几个小时总是看不完，于是堆积了一本、两本、三本……很多很多本没看的。慢慢地就简化成了买杂志，买《青年文摘》《萌芽》或是《女友·校园》。只是读些不怎么花费时间的小段子，看得很快，可是看过就忘，权当是消遣。直到高二上学期的某个周末，在书店书架上看到了《人生若只如初见》，只是觉得名字很美，便买回家。拆开包装，随意翻动着，惊喜地发现竟与诗词有关。从"执子之手，与子偕老"读到卓文君的《白头吟》，再到"一怀愁绪，几年离索"，感动我的不只是故事，更是那些喷涌而出的关于远方的记忆。我甚至可以想起老寇讲到陆游、唐琬时眸子里闪烁的惋惜，甚至记得顾老师在黑板上写下"司马相如"四个字后我转头对张张说"老师写字好漂亮！"……想念那些哼着歌穿过少年宫里紫藤花廊去上课的清晨，想念那个跳跃着阳光的小教室，想念我在那段日子里读过的诗、明白的事。

在那个压着一堆作业没有写的午后，我趴在床上，读书，回忆，思考，感悟，流泪。用了一下午和一本书的时间明白，做题、背书甚至是高考，从来都不应

140 | 远方有我

该成为我生活的全部。还有那么多温暖美好的东西，诸如诗词、文字、故事抑或是刻骨铭心的记忆和感情……

  我第一次踏进远方教室的那天，完全无法想象，在若干年之后，这短短的两年多的学习，会在我的身上留下这么深的烙印。时至今日，喜欢蒋方舟的文字，源于《美文》；对西安有种特殊的偏爱，源于那次旅行。会在下了三轮以后在递过钱的同时轻轻道一声"谢谢"，源于老寇的教诲；会时不时地文艺一下码些字，源于那几年受到的熏陶、背过的诗词、读过的名著，以及那些我这一生永远无法从别处获得的一切……

  惭愧的是，此时的我，竟然绞尽脑汁搜肠刮肚都找不到一个合适的词语来形容我对远方的感情。自嘲地说一声大概是自己当年还不够用功，脑子不太灵光。又或者难道是因为我的感情实在太丰富以至于无法用一个简单的词语概括吗？无比脸大地认定为后者吧，嘿嘿……

  确实，写到这里了，仔细想一想，对远方，对那段年少时的青葱岁月深切的怀念，由衷的感恩，丝丝的懊悔，浓烈的爱意……皆有之。现在再提起远方，不再只代表当年那个在华油家喻户晓的文学社，更是一种情愫，一份刻骨铭心的感情……我们的生命中，有种爱，叫"远方"。

  谨以此文，献给远方十年，并纪念我们共同走过的地方，纪念爱，纪念时光。

那些年 我们一起去的远方

贾钰钊

毕业于天津理工大学

父母拐我到远方的时候目的很单纯。因为那个时候我写作文，总是要抓脑袋许久才能憋出一堆言不成句、词不达意的文字，所以学写作文成为我来远方唯一的目的。

印象中第一节是试听课，讲文学的起源和上古神话。小小的教室里座无虚席。老寇穿着一件短袖T恤在讲台上以每五分钟一个包袱的频率手舞足蹈地讲了四十五分钟，赢得了大家的阵阵掌声和欢笑。实话实说，这半节课颠覆了我以前所有对语文课外班的看法：语文并不一定要台上字正腔圆、台下正襟危坐，用幽默的表达，效果其实会更好的。这节课坚定了我留在远方的信念，也带给了我更大的疑问：这些与写作文有什么关系？

　　后面的课程依旧延续了爆笑的风格。不论是周公姬旦还是诗仙太白，都在老寇的演绎下变得更富有张力（后来的事实证明，这种授课方式比学校那种说教式的授课效果好一百倍）。只是令人头疼的是每节课都有许多的诗词要背。那个时候背诗词，目的很单纯，方法很暴力，就纯粹是为了背诗而背诗，一个人拿着书在屋里死背。现在想想，自己当时的毅力真是惊人，愣是把数以百计的诗词背下来了，其中还包括《孔雀东南飞》。

　　比较兴奋的时刻就是考试和发奖。那个时候远方的奖励只有现金和书籍。在那个奖励并不多见的年代里，薄薄信封里面的一张纸币和连续半年的杂志对于我们来说已经是莫大的鼓励了。记得那时候每次领到杂志回家都会仔细地把它读完，在教材教辅的包围之中去寻找属于自己的一点内心的平静。现在我每次去书店看到自己感兴趣的书都会义无反顾地买回来，找一个安静的角落慢慢地品味，这个习惯可能也是那时形成的吧。

　　后来就一级一级地学下来，习惯了欣赏老寇夸张的表演并贡献出我肆无忌惮的笑声，习惯了每周背诵诗词歌赋、成语释义，习惯了夜色下目送牛师傅、老寇和红色面包车远去，习惯了考试领奖和每月一次的心灵盛宴。后来也曾经跟远方去过上海，印象中应该是远方上海线路的首次出行。在期末考试前一周接到老寇打来的电话，说考试过后立马出发，我几乎瞬间决定加入旅程。在一个月极其努力的学习过后终于迎来了一次非凡的旅行。大家旅途中的欢笑和忧伤，大巴上老寇的《灰姑娘》和《光阴的故事》，深夜街边的漫步，都成为我们永恒的回忆。

距离最后一次参加远方的课程大概已经有五年了。记得当初上课的时候总是有一个疑问，我抱着提高作文水平的目的来到远方，却花了两年的时间去学习文学常识、诗词歌赋、语法修辞，这样是不是有必要。直到去年的一天，偶然在人人网上看到老寇，看到远方的公共主页，看到许许多多从前一起去远方的哥们儿姐们儿，过去那些记忆的碎片才又重新被拼凑起来。过去的那个很可笑的疑问在今天也自然有了答案。远方的课程内容不论是文学知识还是写作指导，抑或奖励的杂志和假期的旅行，其目的在获取知识之外更在于通过一种潜移默化的影响传递给我们坦荡开阔的心胸和乐观豁达的生活态度。写作不像理工科目一样只需要扎实的知识基础。一部作品成功与否在很大程度上取决于作者的经历、体验、人生态度和价值观。现在想想，我的确应该感谢远方，在那个还能被"强迫"学习的时代让我们背下这么多的诗词歌赋。今天看来，这确实为我了解历史、丰富人格做了不小的贡献。

　　当年在远方时努力把自己往文艺青年靠拢的我，今天已经成为一个完完全全的工科男，老寇也从当年骑着摩托车风流倜傥、亦师亦友的年轻小伙儿变成了现在驾驶宝马略微发福的幸福父亲。人人网上当年的哥们儿姐们儿也都去了不同的地方，做着不同的工作。我相信，那些年我们一起去的远方，都在我们生命中留下了不可磨灭的记忆。我更期待这些永恒的记忆会继续陪伴我们走向更远的远方。用远方的一句口号结尾吧：风雨兼程，共赴远方。

远方不远

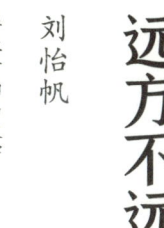

刘怡帆　毕业于南昌大学

2002年我在钻二中学上初二，当时在学校订了一本叫《美文》的杂志，同时听说高我们一个年级的一位语文老师寇宝辉是个很传奇的人物。那时有一个形容他的词叫风流倜傥。他讲课的方式和其他老师都不一样，还曾经和学生一起收拾过校门口的小混混。那时我们初二二班的教室在三楼拐角，课间趴在栏杆上向下看，总能看见他下课从二楼的楼道走过，穿着白衬衫，天冷时套一件黑西装，戴黑边眼镜。那一幕到现在我还能时常想起，算是不认识老寇的时候对他的第一印象。

我并不是远方的元老，也没有跟着老寇学多少期课程，正正规规地上远方的课就一个暑假。当时是在测井的一个小院里，老师也不是老寇，只是在最后结业的时候，老寇来给我们发奖。当时对于我们这些听了很久老寇名字的油田学生来说，见到老寇有种小小的追星的感觉。那一期课程上了不到两周，班上二十几个人，其中不乏和老寇很熟的人，我当时对他们的感觉，用现在的话就叫"羡慕嫉妒恨"。记得那天发奖我得了50块钱，是从小到大除压岁钱以外的第一笔收入。那天，老寇给我们讲了当时刚刚在西安结束的写作大赛夏令营，那也是我第一次知道许颖学姐的名字。后来上了高中，知道许颖学姐也在一中，我还偷偷去看过真人，也算是当年的偶像崇拜。值得一提的是，后来一细数，那短短十几天课上的区区二十几个人，居然有六七个是我后来各个阶段的同班同学。这说明了油田之小，也充分说明了在千禧年初的我们那一代初中生中，远方的影响之大。

很遗憾的是我从来没有听过老寇本人上课。若干年后，在网上看到同学们各种怀念老寇、怀念远方的文章中描述老寇上课时的场景，真恨不得自己也亲身经历过那些场面。若能亲身经历，说不定，我的人生也能在某种程度上有一些改变呢。

初中是我对语文热情最大的一段时光。那时的班主任是一个我很喜欢的语文老师，于是很长一段时间，我的梦想就是上大学要进中文系。那时候的每一期《美文》几乎都快被我背下来了，兴趣使然，加上阅读量够大，写作文自然也能信手拈来。记得看《美文》看得最凶的那个阶段，几乎每次写的作文都会在作文课上被当成范文朗读。那时"拖延症"这个词还没有被发明出来，写一篇八百字的作文用不了半个小时，不像现在想投篇稿子还要构思好几天。那时即使写考场作文，也觉得是一种享受。那几年我通过《美文》认识了全国各地爱好写作的朋友，其中印象最深的就是索狄。她在我后来高考报志愿的时候对我影响很大，甚至可以说改变了我人生的大半个方向。

　　初四的时候，我偷偷写了一篇文章寄给了当时《美文》举办的全球华人少年写作大赛。投稿没多久我就初中毕业上了高中，大概一年以后我才知道那篇文章获了奖，出了书。原来是因为当初我上高中换了地址，杂志社一直联系不上我，后来是住在同小区的在远方上课的一个妹妹，在书上看到了我的文章告诉了我，让我去找老寇。老寇跟杂志社联系，给我补了张奖状还有一本书。那本书在当时大大满足了我的虚荣心，看到自己写的文章印成了铅字，我心里简直乐开了花。

　　高中和远方的联系渐渐少了，也渐渐将老寇淡忘。华油一中有一个飞天文学社，上高一的时候我还跟着玩儿过几回。"飞天"也鼓励我们参加《美文》的写作大赛，感觉大家的写作风格都有点"远方"。直到前不久看到许颖的一篇文章才知道原来"飞天"就是她创办的，果然跟远方还是有渊源的。

　　后来的日子，几乎和"远方"隔绝了。初四时我突然爱上了看英文电影，英语成绩异军突起，于是立志做国际新闻记者。大学我选择了学法语，写文章这种事情，除了自己默默坚持的博客外，真的想不起来还有什么了。

　　2011年12月15日，"远方文学社"的公共主页在人人网上出现，页面上不断蹦出新鲜事：xxx成为"远方文学社"的好友。记忆一下子蹦到了八九年前，点进去看，却发现很多人已经先我一步。进入老寇的主页，在回复里看到了更多熟悉的名字，大家唏嘘："你也学过远方课程啊？""你也受过老寇熏陶啊？"……老寇发了状态收集大家的地址准备寄出元旦明信片，留地址的人至少过百了吧。仔仔细细看大家的地址，发现大家都去了更远的远方。很多人惊讶于居然有寇小辉了，其实仔细一算，这都多少年了，也该有了。然后一下子，我开始回想自己的这八九年，这段断断续续有远方陪伴的青春岁月。

曾几何时，伴随写作的背景音乐由周杰伦变成了陈奕迅，听歌工具也由 CD 机变成了豆瓣电台。拿着笔在纸上沙沙爬格子的日子已不再，搜狗拼音却用得无比熟练。社交网络成了我们每天的必备，看着熟悉的朋友每天的新鲜事，却忘了最后一次和他们见面是多久以前。上初中高中的时候，我很执着地盼着上大学，盼着离开油田，那时候觉得远方是很美好的一个地方，是一个愿景。相信每一个有梦想的中学生都是这样，觉得大学是自由的天空，是自我的舞台。我只想说这些都没错，但当我们没人管的时候，当我们之前那个考上好大学的理想变为了现实的时候，却发现自己又一次没了追求，开始迷茫。就像前段时间很火的一条微博说的一样，"如果我们还在一起上着那个破高三，我们成天在一起，起早贪黑也不觉得累！上课睡觉都面带微笑！做操算什么，就愿意听着拍子群魔乱舞！成天考试怎么了，卷子上红蓝黑各种修改是我的成就！没手机？不需要，联系的人就在跟前！没电脑？不需要，中午吃饭抓紧看个新闻都成！什么人人、QQ、微博一个劲儿瞅状态？不需要，朋友每天见面的时间比爹妈都长，你们啥状态我还不清楚？现在想，当年我们互相扶持那么努力，就是为了把彼此分开，缺心眼儿啊！为什么要这么作践自个儿？"

但无论如何，我想说的是，站在大学的尾巴上回首，我依然觉得我的大学生活足够精彩，没有后悔。究其原因，我认为很大程度上是因为不论生活怎么变，我心中的那个远方没有变。我知道我要去哪里，并为梦想脚踏实地地努力着。

2012 年初，我编了一条新年祝福短信发给了我的朋友们，最后一句叫作"愿你的生活有诗，有梦，有远方"。"远方"是一个给人以希望的词，让人仿佛能够迎着沿途的风雨交加，义无反顾地往前奔；同时"远方"也在身边，它关乎心灵，提醒我们享受生命，是内心始终如一的家园。

远方不远。

那些年，我们在远方

孙瑞延　毕业于暨南大学

又回到最初的起点
记忆中那青涩的脸
我们终于来到了这一天
桌垫下的老照片
无数回忆联结
少年宫是见证我们成长的地点

那些年背过的诗篇
那些年考过的成语
好想告诉你，告诉你我没有忘记
清华园里点点滴滴

扬州之行欢声笑语

再一次记起依然清晰

我，不会忘记

　　时光就是这样神奇又残忍的东西，我早已从那个每天被爸妈安排好上各种课外班的年龄迈入了奔三的行列，我开始规划未来，也开始找寻回忆。

　　回忆初中时代，记忆中的大半时光都有远方的陪伴。很多同学朋友——来自各个学校的精英人才，都活跃在少年宫的院里，活跃在远方的课堂上。幽默的寇头儿，严厉的徐头儿，还有漂亮的杨老师，每个人都在我的记忆中留下了浓墨重彩的一笔。一级的那些诗篇，二级的那些名著，三级的那些语法……每一步，都为以后的学习打下了坚实的基础。那时候有最单纯的生活与最遥远的梦想。我坚信努力就会看见美丽的风景，持续不懈地努力就会看见不可思议的世界。

　　高中的时候，跟许多油田父母一样，我的父母也把我送去了天津。天津是一个第一次去会讨厌，但住久了就会习惯、会留恋的城市。那个时候，我就发现了自己跟天津同学有些许的不一样。我最喜欢上的是语文课，特别是老师在讲诗歌鉴赏时会联系到许多其他的诗篇，一提几个字，我就跟条件反射一样脱口而出。当同学们都钦佩地封我为诗人时，我才意识到，上初中的时候是记忆力最好的年纪。而光阴似箭，错过之后我们才会怀念。

　　最爱的还是远方的夏令营和冬令营，在那里能和一群好朋友享受旅途的欢乐，同时感受文学的气息，偶尔还能尝试一下做文艺青年的滋味。表弟也在远方上课，每每回家我都会问他学了什么，哪个老师教的，放假又会跟着老寇去哪玩……他旅行回来总是给我们看照片，兴致勃勃地讲旅途中的各种见闻，在他身上，我好像看到了那时的自己。

　　清楚地记得，初一寒假的时候跟远方去了清华园——一所令人向往的学府。我们在大学生的宿舍里住宿，在他们的食堂吃饭，听师兄师姐分享他们的学习经历。还记得当时辅导员川哥的一句话："即使你们做不了清华的主人，但你们一定要有清华'厚德载物'的精神。"那天，我们在清华园里尽情地打雪仗，尽情地打篮球，尽情地拥有着彼此的青春。回家后，爸妈问我想去哪上大学。我觉得清华食堂里的菜很好吃，心里想说上清华，就隐晦地说哪的食堂饭最好吃就去哪，结果多年后却误打误撞真的来到了拥有全国最好吃的食堂的大学，不是清华，而是暨南大学。一个让人去了才意识到从此故乡只有冬夏、再无春秋的遥远地方。

　　暨南园里有蓝蓝的天、白白的云、青青的山、绿绿的水，还有正在流逝的美美的青春。我带着远方的精神，走在青春的路上，在大学的假期里去旅行，试图寻找些什么、抓住些什么。我游览了吴迈笔下"山水甲天下"的桂林，眺望了毛主席笔下"层林尽染"的橘子洲，亲历了沈从文笔下的凤凰古城，参观了"千年学府，弦歌不绝"的岳麓书院，仰望了见证近代史上中华民族血泪屈辱的大三巴牌坊，感受了充满艺术气息、小资情调的钢琴之岛鼓浪屿……我很享受这种景色和文化交融、激情和温婉碰撞的旅途。旅行或许能抚平那颗思念家乡的心，但它却阻挡不了我对过去的怀念与感慨。

　　生命中有很多东西，能忘掉的叫过去，忘不掉的叫记忆。现在的我常常会想起那些年的时光，那充满稚气、充满希冀的中学时代，那些我们在远方的日子。

成长琐记

陆翀 毕业于天津师范大学

我拉上窗帘儿,打开台灯,坐在电脑前。此时此刻,温馨的寝室为我一个人所拥有。我提笔欲写出这匆匆流过的青春,却发现不知从何下笔。回顾这渐渐成长的十年,心酸、泪水、欢笑……所有的一切,犹如一部电影,以蒙太奇的手法展现在我脑海中。我感叹时光的脚步竟如此匆匆,带走了童年的纯真,带走了稚嫩的欢笑,带走了身边曾经的玩伴,也让那些曾经熟悉的面孔在记忆中渐渐模糊。那些人,那些事,那些曾经,是我们心底永远的记忆,永远的甜甜的蜜糖。我认真地把那蜜糖贮藏在罐子里密封,等待再次将它打开散发香气的一天。

十年前，我们懵懂，我们扑棱着尚未坚硬的小翅膀，希望逃离束缚，飞向远方，去看看外面的世界。十年前，我像个假小子一样在校园疯跑，和大家一起叽叽喳喳，放声大笑。十年前，老师教我们"不以物喜，不以己悲""鱼与熊掌不可兼得"，教我们"知之者不如好之者，好之者不如乐之者""择其善者而从之，其不善者而改之"，教给我们很多学习的方法和做人的道理。那时的我只理解字面的意思，而并未去深探其究竟。

跟随着岁月的摄影机，镜头缓缓定格在我的初中。印象中我的初中是热情洋溢的，充满欢声笑语的。阳光明媚得让人有些睁不开眼睛。那年，我十一岁，正是对知识充满渴望的年纪。恰巧这时候，寇老师成立了远方文学社，他引领我走入文学的殿堂。记忆中文学社那本蓝色的书，现在还完好地保存在我的书柜里，它教会我很多丰富的知识和做人的道理。那时候在学校背文章很费劲，寇老师每次课后也要求背很多古诗文篇目，可这些篇目经过他淋漓尽致地幽默讲解后变得生动起来。唐诗、宋词和文言文，我对每一种体裁的文章都充满浓厚的兴趣，每次总是盼着听他将那些难懂的古文像美丽的故事一样讲给我们，那是一种享受。当然，课后的要求自然是不会少的，背诵是一定要做到的，但在老师生动形象地讲解后，那些在学校里很难背的文章我竟很自然地就顺了下来。

谁也不曾想到，寇老师讲的那些有用的古诗文，在我以后的人生道路上起了很大的作用。越长大越明白一些世事的道理，很多时候，在不经意间就会联想到那些古诗文里的句子，随即当着众人之面吟诵一番。直到现在，跟妈妈聊天时，经常会对妈妈说，那时候寇老师给了我极大的帮助，让我爱上了文学。

经常听到妈妈说，单位同事家的孩子在远方文学社，我十分欣慰，想着寇老师的辛苦没有白费，培养了一批又一批的孩子。寇老师的奖励制度也很不一样，奖励文学名著，达到了以学问奖学问的境界。我不会忘记手捧着奖励的文学名著时激动的心情，那是我最爱的一类书啊。那年把我引领进文学殿堂的远方，正在向更高更好的方向发展。

随着摄影机的移动，我将第二个镜头定格在高中的艺考。那是至今为止我人生中最难忘的经历。经历过艺考的人，看到每年那些艺考的照片时眼睛都会湿润。我们走过的那些路，不容易。刚刚大年初五，我就背上沉沉的行李，踏上离家的火车，开始过很长时间一个人四处奔波的生活。那年，我飞快地成长，从那时起，我拥有了独自生活的能力，不再用父母操心自己的吃穿，学会合理分配零花钱，学会更好地去交朋友。学会坚强，学会忍让，学会遇到事情自己解决。不再撒娇，不再胡闹，深深知道父母的辛苦。长大，其实就在那一个瞬间。

那年冬天的艺考，我为了让自己看起来更瘦一些，也为了跳舞的时候方便换服装，外面下着大雪而我却只穿一条薄薄的长裤，一双白色板儿鞋。手里拿着自己的考号站在寒风中几个小时，静静地等待被叫进考场。每个人进考场只有那么短短的几分钟，考生要在那几分钟之内以最饱满的热情展示自己所有特长，很多人都是在冻得浑身僵硬的情况下完成考官的任务的。艺考就像百万雄师过独木桥，今天我还能感受发榜前紧张的心情和看到自己榜上有名时的喜悦。初试、复试、三试、体检榜，一次次地刷人，看着身边的人越来越少，看着或哭或笑的每一张面庞，我告诉自己一定要坚持住。那年冬天，我去南京考试，那是第一次自己出远门。当我站在三试的考场上，看着每一个带着梦想的孩子努力在短短的几分钟内展示自己所有的特长时，我知道这会是我人生中一个永远的记忆。

艺考的点点滴滴，那时的心情，无法在短短的文章中用言语表达清楚，那

155

种体会，只有经历过的人才会懂，难忘而深刻。追求理想的道路总是非常艰辛的，但是，既然我们选择这条路，而且已经迈出了第一步，那么我们就必须坚强地走下去，永不退缩。在路上，我们总是那样匆忙，可留下的却是永远不朽的回忆。

摄影机的第三个镜头定格在大学，我正在就读的地方。我知道，我现在的每一天就是明天我会怀念的昨天。现在一个班的同学，我们有着共同的爱好，我们因共同的理想会集到这里。我们团结合作，齐心协力。我们有着不同的个性，却在排练的过程中磨合得如此默契。戏剧把我们凝聚在一起，我们忙碌着并快乐着。我们爱好广泛，学校的社团经常会出现艺术生的身影。刚刚结束的全国第三届大学生艺术展演中，我所在的舞蹈团代表天津师范大学到杭州参加比赛，拿了一等奖，我们给学校争光了。而这次跟着学校的团队出去比赛，也成为我人生中又一次难忘的经历。

放心去飞，勇敢去追。

十年后，那些当时头疼的，老师让我们一遍一遍背诵默写的文章，在生活中，自然而然地浮现在脑海里，不时感悟作者之伟大。十年后，曾经一个班、一个年级、一个学校、一个市区的那些朋友，大家都各奔东西了，不知大家是否在互相想念。十年后，我们惦记着父母，惦记着曾经为我们指明道路的恩师，惦记着母校。我们希望为自己创造出一个港湾，一个在我们累了、痛了时可以停留的港湾。我们都锻炼出坚强隐忍的性格，我们渐渐充满活力，渐渐成熟。而那些曾扶着我们一步一步前行的人们，他们是否还像曾经一样，浑身充满力量？岁月也许就是这么残酷，让他们脸上多了些皱纹，头上增添些银丝，让他们的身姿不再矫健，让他们开始需要我们去照顾。想要说的还很多，毕竟是十年的时光。

十年的光阴，转瞬即逝，却为我们留下永不消亡的记忆。

那些年，我们一起学的远方

高婧 毕业于中央财经大学

听说远方十周年征稿，我不由得心头一惊。十年？有这么久吗？我今年只有22岁，那岂不是要让我回忆前半辈子的事了？奇怪的是，我一闭上眼睛，就仿佛看到了老寇刚拿到"远方"题字时的场景。远方的社名是贾平凹提的，当时裱在一个相框里被老寇拿到班里来炫耀，很精致，那是我第一次亲眼看到名人的题字。老寇还跟我们"吹牛"说："你们知道我为什么让他题'远方'而不是'远方文学社'吗？"我心想，不是因为两个字比较便宜吗？他继续说："因为我将来要办一个远方公司。"后来呢，就有了你呀，远方，生日快乐！作为一名元老级人物，提起远方我想说的太多，如果让我精炼地概括，我想应该是青春和梦想。

青春

我想很多人，往前倒数十年的岁月都应该是青春的吧，包括老寇。

那时的老寇风华正茂，又高又瘦，脸上还不时冒出几颗青春痘。他还没有开上宝马，代步的是一辆摩托车，开起来，年轻的速度与激情就全张扬在他飘逸的头发上，十分意气风发。这样的他走进教室，随意地坐在讲桌上，开始侃侃而谈，谈苏轼"竹杖芒鞋轻胜马，谁怕"之淡泊，谈李白"凤凰台上凤凰游，凤去台空江自流"之忧愁，从鲁迅讲到郭沫若，从古典名著讲到世界名著。他讲课十分生动，比如讲到"伤心桥下春波绿，曾是惊鸿照影来"时提到自己也有过一次这样的经历，讲到"昨夜西风凋碧树，独上高楼，望断天涯路"时回忆起大学时代的一个室友。他的段子也很多，如棉被里的针线一般贯穿在讲课的内容中，一点也不矫揉造作，同时又能使课堂里充满笑声。老寇有点自恋，时常会给我们来个"名作赏析"，赏析的都是他曾经的文章，有的是写他读大学时的一些趣事，有的是写他高考过后和高中的死党们对于未来的期待和忐忑。这些对于他来说是青春的记忆，对于当时的我们来说却是遥远的未来，带给那时的我们第一次对人生的思考。

对于 12 岁的我们来说，在远方的日子是青春的开始。我们才开始学着打量世界，观察生活，同时用笔抒发感想。我曾在远方的某次考试中抒写对成长的困惑和思索，曾与一群哥们儿跟老寇开着没大没小的玩笑，曾睡前读完老寇推荐的《青铜时代的恐龙战争》，带着满脑子的怀古遐思做一场春秋大梦，曾在去中国现代文学馆参观的路上一路放歌……这些飞扬跋扈的记忆，只属于青春那些无法无天的日子，之后再也没有了。

梦想

　　首先是远方给了我们一个梦想，一个征服唐诗宋词的梦想，一个饱读诗书的梦想，一个关于文字的梦想，一个想被人肯定的梦想。我其实没有所谓的文学情结，但当我看到周围同学的文字变成铅字的时候，还是难以压抑蠢蠢欲动的心。认真地构思远方的每一篇作文，反复地修改，小心翼翼地呈交，然后切切地期盼。之后远方开始圆一个接一个的梦，开始是发表在远方社刊上，后来发表到了杂志上。第一次领到稿费时，虽然只是十块钱，但是我紧紧地握在手里像是受到了莫大的鼓励。后来听说远方给两个学妹出了书，可能她们以后不会成为作家，但这将成为她们一生中最闪光的回忆。

　　远方本身也是一颗梦想的种子，它是老寇的梦想，它在帮助我们圆梦的同时自己也在一步一步地成长。十年前我见它，它还是一幅等待被人描绘的蓝图，十年后它已经有了茁壮的茎干和嫩绿的枝芽。下个十年，它定会更加美好。

　　其实远方一直离我们不远。

当远方遗落成碎片

郭仲星

毕业于中国石油大学

  有时候确实不愿意回首拾起年少时记忆的碎片，毕竟关于时光的过往实在太多，牵一发而动全身。

  远方文学社是那时候非常非常流行的课外文学班，在小小而平静的采油三厂曾掀起巨大的波澜。在听了寇头儿经典诙谐的一堂课后，我和很多同学一样都被深深吸引了，从此踏上远方这条"不归路"。初中的课外生活也因为远方，因为寇头儿，因为缤纷的文字，愈加丰满圆润，愈添内涵文雅。

  怎奈岁月太匆匆。春华秋实，一晃五载。关于远方的记忆终究渐渐远离，随着青春的洪流遗落，遗落成碎片。到如今唯剩下怀念，斯人、斯景、斯境，在我们不停奔跑的路上偶尔停留时被想起。

  怀念寇头儿讲课时的轻松愉快。寇头儿的文学造诣之高，令当时的我们十分崇拜。在寇头儿声情并茂的叙说中，一位位文学大家的形象跃然眼前。听寇头儿讲课就好像乘坐时光列车，随着他的讲述，跟着人物的翩跹，去领略那段历史中主人公的真实生活。或以波涛滚涌之胸臆指点江山，或借沉郁顿挫之文笔悲抒己志，或依雕栏玉砌之浮夸凭吊古今，或揽折戟沉沙之豪情挞伐四方。我们步步追随寇头儿，收获的绝不仅仅是文学。

怀念顾老师三级文学知识的讲授。随着年龄的增长与课程难度的加大，远方课程渐渐不再是我心中向往的兴趣，也微微有了抗拒的情绪。然而，实事求是地说，无论是对诗词歌赋的运用还是文言常识的掌握，在远方系统学习的知识对提升我们的文学修养与语言水平的帮助是很大的。顾老师的课少有寇头儿的激烈却多了些温文尔雅的书卷气，甚至稍稍容许年少轻狂的我们恣意妄为。许是老师懂得"人不轻狂枉少年，老来叹息悔余生"的道理吧。除此之外，顾老师还帮我了结了一件小小的私事，在此感谢顾老师的关心与柔情。

怀念一行不知道多少人去西安的暑假出游，还有去北京的寒假小览。在那里我们钟情于山水，骊山之巅、兵马俑旁、大雁塔下、无字碑前、水清木华以及这里没有提起的种种，已经遗落成关于远方的记忆碎片。虽然滴滴点点，零零碎碎，但全部都是远方在我成长途中刻下的印记，直至现在仍然闪烁着光芒。想到这里不禁更感激提供这些机会的人——寇头儿。

怀念着、追溯着，远方对于我们而言，或许早已经不单单是一个教育机构了。

那些搭载远方的青春往事呢？

那些融于远方的苦辣酸甜呢？

那些因着远方相聚相离的少男少女呢？

岁岁今朝，月华如练，长是人千里。几年过去，我们各自奔向了天涯，去成长，去奋斗，去发光放热。人言落日是天涯，望尽天涯却终不见家。我远方的朋友们，远方有你，远方有我。

少年的远方

郭晓阳　毕业于华东理工大学

　　转眼间，远方已经成立十周年了。这十年来，我变了，远方也变了。我从一个毛头小子变成了一个毛头青年，而远方也从当时的"远方文学社"发展成了"远方青少年文化培训中心"。一切都在变，但不变的是我对少年、对远方那段最美好的记忆。

　　我勇敢地承认，在成为远方的一员之前，我打心底里讨厌一切所谓的"兴趣班"，因为我的兴趣就是玩而已。但是，由于左邻右舍的孩子都报名参加了远方文学社，爸妈以随大流的心态将我逼到了学习远方课程的队伍中。我还清晰记得我上的第一堂试听课。在我们采三学校南楼三楼的一个教室里，满满当当地挤了一屋子人，我坐在第一排最角落的座位上。讲台上，一位年龄处于青年之上中年之下的男老师，手舞足蹈地讲着文学的起源。幽默风趣、激情四射的授课方式引来大伙的阵阵欢笑，那句"北京周口店的山上有个山洞，你们几个（手指着台下一片同学）就住在那里面"令我印象极为深刻。正是因为这堂课，我对这种寓教于乐的授课方式产生了强烈的兴趣，也发现了原来远方不是光教写作文的那种没品位的兴趣班。因此，我学远方课程的心态由被逼无奈转变为心甘情愿。

在远方学习的日子贯穿了我的小学和初中这段最美好的时光，其间发生了太多太多的故事。如果把这段经历拍成一部电影——《那些年，我们一起学过的远方》，一定会相当卖座。现在，就让我用文字将散落在记忆中的远方的碎片拼凑起来，作为对我少年时期的纪念吧。

那时的我，上课时嘻嘻哈哈，下了课"苦海无涯"——在那些感觉数不尽、背不完的诗词歌赋中挣扎。好不容易熬了过来，却发现自己要面对的变成了外国文学，哪本书是谁的作品，哪个作者属于哪个国家……还是有一大堆的东西需要背下来。但是每周和文学名著相关的电影光盘一直相当令人期待，谁都想早些冲到老师那里，抢到自己喜欢的电影。后来告别了古今中外文学，又迎来了令人学起来头痛的汉语语法和课下背诵成语的日子……就这样一级一级学下来，学的知识一直在变，而每级考试后我所得的奖品——半年《美文》杂志从来没变过。至今我仍然觊觎着那前几名和进步显著者能得到的蛋糕奖励。慢慢地，我上初三了，远方课程也上到了最后一级，距离和远方说再见的日子越来越近了。最后一节课，我们每人得到了一瓶酸奶，一块巧克力。这两样东西，便成了关于远方的最后的记忆。

四年来，远方这个词连同我的少年时期一直尘封在记忆中。直到有一天在人人网上闲逛时，我发现了远方的公共主页，又发现了老寇的个人主页。看着这些，突然间那些沉睡的回忆喷涌而出。现在想想，正是远方给了我接触中外文学的机会，让我领略了其他人没有领略过的文学之美。在远方，我学习到的不仅仅是知识，更是一种素质和修养。

　　文章写到这里，突然有了一种难过的感觉。如远方课堂一般欢快愉悦的课再也不会有了，像小时候那样呼朋引伴、毫无挂念地在一起玩耍的情形再也不会出现了。随着年龄的增长，我们懂得了很多，但我们也失去了很多。

　　远方成立十年了，当年我们口中的"老寇"现在已为人父，成了真正的老寇。又听说老寇原来那辆请人代驾的红色"长城"也被现在自驾的宝马取代，而远方当年的学子们现在已经遍布在全国乃至全世界各地。我发现时间竟过得这么快，变化竟这么大。但是远方陪我度过的那段青春却永远镌刻在记忆中。正因为如此，我虽身在远方，却仍心在远方。

致老寇

许颖

毕业于武汉大学

还不会背诗就会背化学元素周期表的我,大概没想到到了高二的时候自己会学文科,更没想到自己在这条路上竟然越走越远直至今天读了博士。选文科的时候很多人说,这孩子是受了寇宝辉的蛊惑吧。

嗯,老寇,生个笨兔闹那么大动静,让我们这几天都拼命回忆童年呢——

我学远方一级课程的时候还是 2002 年,我是班里最大的学生。上课在科培中心,后来叫科园宾馆。老寇穿白衬衣,有点沙哑的嗓音透过话筒传出来很好听。点名顺序是这样的:宁伯薇、贾进玉、罗展……我报名很晚,点名靠后,座位也在最后。

我们是远方叫"远方"之后的第一批一级学生，其实在那之前，同样的内容，他已经讲过多次了。2001年的暑假，我在少年宫上外教英语课，抽屉里有几张印了诗词的八开纸。纸的背后用红色圆珠笔写着一些诗词和歌词，字很好看。那上面有一句歌词是我最近每次去KTV都会唱的："那些欲走还留的一往情深，都已无从悔恨。"还有几句陆游的诗："前年脍鲸东海上，白浪如山寄豪壮；去年射虎南山秋，夜归急雪满貂裘；今年催颓最堪笑，华发苍颜羞自照。"我心里在想，是谁呢，细腻的感情和豪放的胸怀，一起就这么无意间写出来，大概是个有趣的人吧。我把这几张纸带回了家，时隔一年，我在黑板上看到老寇的字。哦，原来是他。

2002年的老寇还不胖，也没有宝马，他骑一辆宗申摩托，车牌号是PExxx。那年一级课的测试，我得了五十块钱和一套《源氏物语》。二级课的时候我在高中开学军训，但还是和他们一起去了北京的现代文学馆和圆明园。我永远记得把自己的手和巴金的手印合在一起的时候，心中的那点小兴奋。后来一路跟远方玩下来，从高中生玩成了博士，从远方的学生玩成了远方的老师。

扯远了，继续回忆。那时候远方还是会员制，席殊书屋还在会战道上。远方的会员卡去席殊可以打九折。席殊的老板从那个时候认识我，到现在每年寒暑假我还会过去跟他寒暄一下。托远方和席殊的福，上大学之前，我不知看过多少好书。

我上了高中之后不断地受到告诫，你不要在文学上面陷得太深。那时候我是理科奥赛班的班长，虽然爱玩，成绩也还过得去。我和几位好友办了一个"飞天文学社"，办报纸、出杂志不亦乐乎。后来去了文科班，再然后高考失利，手中唯一的救命稻草断到只剩一丝的时候，又是老寇救了我。

那是 2005 年，高考结束，我在远方打工，无非是接电话打杂，做一些零散的事情。我以为我考得不错，可是分数一下来就傻了。老寇帮我打电话查重点线，帮我传真录取合同，帮我跟华师据理力争，后来终于出来了补录名单，皆大欢喜。我家里还留着那时候他写的一个纸条。上面一个日期、一个笑脸、一个哭脸。笑脸的意思是去上大学，而哭脸是进复读班。

2007 年年初我第一次登上远方的讲台，老寇坐在后面听课。那节课讲古代文化知识中关于刑罚的部分，我一边讲，他一边在下面记。下了课之后给了我满满一大张纸，从讲课姿势到讲课内容的毛病一应俱全。自此以后我再也没怕过上课，无论是在武大附中实习教高中，还是在武大读研究生的时候给硕士和博士上课。后来的日子匆匆如流水，老寇的车从长城换到了宝马奔驰，我从本科到硕士再到博士，每当暑假到了就去远方讲宋词、元曲、现当代文学，感谢他给我可以和小朋友们在一起的机会。

终于，今年，老寇结婚并且有了笨兔。恍然一梦，从见到他的字到现在，已经十年。嗯，老寇，愿新的十年和以后的好多好多十年里，你家笨兔能得你真传，成为优秀的男生和让人敬佩的男人。

开在那个夏天的花儿

马卓 毕业于北京航空航天大学

> 这只是一些碎片。我试着想起一些悲欢，一些聚散，一些誓言，试着将它们拼成那个遥远的夏天。
>
> ——题记

（一）

第一次读这篇文章还是在小学，老寇把它发表在了《美文》上，当时老寇还在课上说，他本来寄过去的题目是《那个夏天的碎片》，结果被编辑改成了这个俗得不能再俗了的《开在那个夏天的花儿》。那时候读这篇文章，只是觉得挺有意思，就像读老寇的青春，不过也只是在心中停留片刻的一个故事而已。

转眼到了2009年的夏天，高考前的某个夏日，我们也像老寇当年一样照了毕业照。照片上留下了每个同学开心的笑脸，那时候无忧无虑的表情，就是我们的青春的写照。后来，高考结束了，有的同学考得不错，有的同学却发挥失常，我中规中矩的表现换来了北京一个大学的录取通知书。当大学的事情都尘埃落定的时候，有些同学选择了复读，有些同学选择了接受自己的学校。毕业时少不了一场离别聚会，和共同奋斗过三年的哥们儿姐们儿在一起，就着一捆又一捆的啤酒，聊着说不完的青春故事。我们大口大口地吞下这泛着泡沫的液体，酒精把我们关于高中时代的记忆都铭刻在彼此的心上。不过刚毕业的时候，每个人的心里都还是憧憬着自己的大学生活，没有太多的时间去回忆这些。就像那句俗话，只有失去了才懂得珍惜。

　　来到大学后，我们都有了各自的新生活。有的人交到了新朋友，有的人找到了自己心爱的人，高中同学间的联系少了，只有在寒暑假聚会时才能见上一面。可是每个人心里都有一份关于五班的记忆。偶尔会在这个或那个同学的空间里出现一篇回忆高中的文章，然后便是同学们满屏的留言，把每个人的记忆都勾起来了。每到这个时候，我感觉过去就像是一场没有落幕的电影。那是2011年的1月，冬天的寒冷让人格外想家，格外想念远方的朋友和亲人。我和一个朋友喝酒时，他突然问我："你知道一种花叫大麦熟吗？"我听到的时候猛地想起老寇的那篇《开在那个夏天的花儿》。回去后，我在网上找到了这篇文章，把它置顶在我的空间里。第二天起床后，发现满是同学的评论。当我看到有人说他好像明白我为什么把这篇文章放到这里来的时候，突然有一种被人理解的激动与感伤涌上心头。

　　"高考前大家在一起拍了些合影，为了作个纪念。县城的一中很破旧，找不到好的背景，只有很多很容易生长的花在夏天里开放，它们不挑剔环境，就像我们朴素而绚丽的青春一样，在哪里都会恣意生长，纵情地开出很多种颜色，散发着淡淡的清香。我至今不知道它的学名，人们都叫它'大麦熟'。它们在我毕业的时候轰轰烈烈地绽放着。我们就在这些花的前面合影，我们微笑、拥抱，那些质朴而富有生命力的花便永远留在了照片上，成了我们青春的背景。"

这便是开在老寇心里的那些花儿，我在无数个晚上看着这些文字，脑海里闪现出无数的过往，那些已经刻在心底的感情。

我想也许这是一种命运的安排，感觉这个时候我和作者的人生轨迹就仿佛相交了一样，从来没有想过自己会产生一种和作者完全一样的共鸣，此时此刻，我感觉我终于理解了老寇当时的心情，因为我已和他一样。

（二）

其实我很不喜欢用题记来开头，因为在初高中时我的文笔就非常不好，而且也讨厌这种略文艺的开头方式。我用这段话作为文章的开头，只是为了告诉你们，老寇对我的影响之深。虽然之前和老寇的交流不多，但这时候我感觉我已经和老寇成为内心的朋友了。从小喜欢学理科的我，虽然爸妈都是语文老师，但是文学气质还真的不那么浓。长大后我也选择了工科作为自己的专业，现在写起文章还会感到缩手缩脚，生怕词不达意。选择这个题目做标题，真是拖老寇的后腿了。

从小学就开始上远方的一级、二级课程，然后是老寇教的作文。我还在老寇的带领下去过上海，从小他就给我留下了一个非常有亲和力的印象。从老寇讲《诗经》到他给我们白话他抓小偷的故事，我们在课堂上无时无刻不被他吸

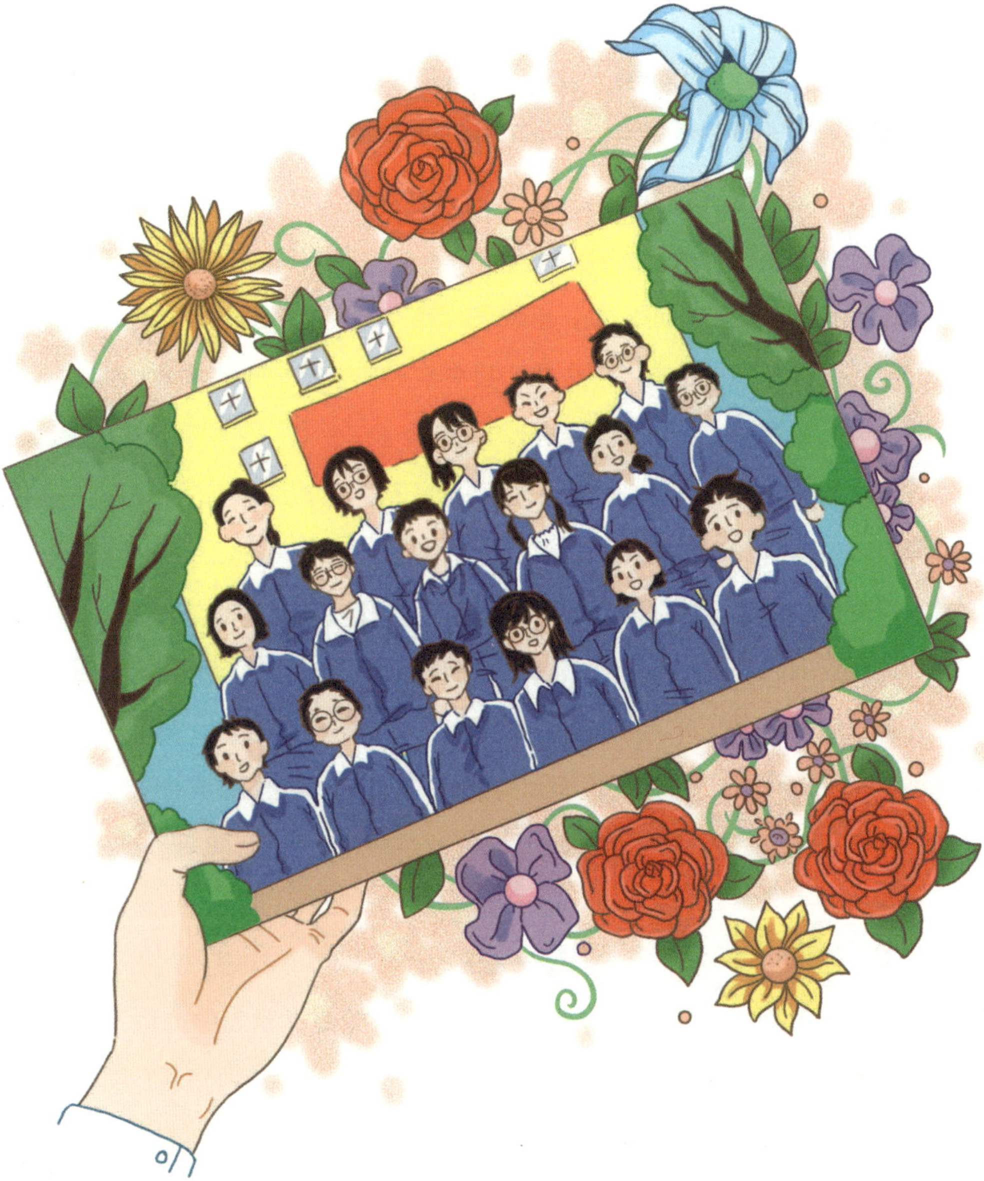

引着。小时候我还是很内向的，跟老寇接触算是远方同学里比较少的。不过那时候老寇常拿我来开玩笑，于是很多人就在课堂上认识我了。我很多高中同学都说，在远方课上常听老寇和老黄拿我举例，这回见到真人了。上了高中之后，三年我都没有再见过老寇。直到上大学，有一次在任丘火车站看见了老寇，老寇都不认识我了，还问我研究生几年级了。我当时就很郁闷，其实我才大一，不过我一点不怪老寇，感觉老寇在我心目中是那种老糊涂仙的感觉，虽然有时候这些事情记不清楚，但是关键时刻从不掉链子。

今年寒假的时候，陈耀东在人人网上发起了"怀念远方"的活动，正值老寇的笨兔出生，同时也是陪伴我们中学时代的"远方文学社"成立十周年之际，我本来是有很多话想说，但是迫于文笔太差，都没说出来。不过前几天看到自己空间那篇置顶的文章，还是觉得真应该把自己想说的这些话说出来。我也想告诉看到我这篇文章的每个小同学，珍惜你们美好的中学时代，在油田这个大家庭里，有这么多关心你们的人，有远方这样的朋友，有老寇这样的亦师亦友、自诩为"圣上"的存在，你们真的有很多事情要好好把握，不要留下遗憾。

（三）

"弹指十年，高考早已淡作一丝轻烟在一轮轮春风秋雨中消散得无影无踪，只是每年夏天在别人高考的时候自己才会心头一颤，然后掰着指头数数自己的高考已经过去几年了，然后象征性地叹息一声便继续忙碌而已。在朝着理想跋涉的路上，我时而疲惫，时而欢乐，纷繁的东西让我无暇回忆过去，回忆十六七岁时淡淡的忧伤和高考前花开的模样。可是我的心底却始终隐隐约约地弥漫着脉脉清香，在我疲惫不堪或茫然失措的时候，那些清香便涌上心头，变成力量，变成祝福，让我风雨无阻。我知道，那个夏天的'大麦熟'原来已经扎根在我的心里和我的生命里了，它们生长，它们开放，它们将永远保持着那个夏天的模样。"

  不久前的寒假，我也回到我的初中和高中。我去寻找那些藏在某个角落的美好回忆，听到下课的铃声响起，看到学生们跑出来尽情玩耍，我开心地笑了。我仿佛找到了所有的美好，然后轻轻一转身，将自己淹没在喧嚣的街市。

不说风月说风云
——写给我的兄弟们

赵丹阳

毕业于南开大学

到新西兰已将近一个月,我有很多感想和触动,但一直疲于适应生活和学习环境,未曾付诸笔下。适逢远方十周年吉时,我便终于要静下心来,写一点东西。既是为在我的人生中扮演了不可替代的角色的远方呈上的贺礼,也是对这一段时间的总结和对自己的交代。

我第一次来到异国他乡,就是隔着太平洋的南半球岛国,并且要求学两年。在国内时,常常会憧憬出国。从开始准备到一切就绪的这段时间,也是自信满满,觉得前方一片光明。直到走之前的三四天,突然意识到这一走，只身飘零，与家人朋友相隔万水千山，再见就是一年之后了，心一下子抽紧了。真的舍不得啊。以前朝夕相伴的时候，未以为意，不曾珍惜。到要分别时，觉得陪父母的时间不够多，和朋友还有很多事没做，那种懊悔的感觉未曾体味过，万难知悉。但是，真的要走了。

在通过安检时，我和父母简单地告了别，便转身走入人群中。路上我三次回头，他们每次都在向我挥手。我知道他们会一直看着我，直到看不见。此前我曾担心分别的这一刻会无比艰难，但真到了那时候，心里却突然没有了一直充塞着的难过和不舍，取而代之的是一种隐约的期望。飞机拨开云层扶摇而上的时候，我看着地面的建筑越来越小，只觉得恍惚。同去的同学说，原来我不是去旅游的啊。哦，是这样。

当飞机跨越了大洋，进入了新西兰蔚蓝的天空，最终降落在这羊的数量是人口的十倍的神奇国土上时，我的生活将是怎样呢？

写到这里，我抬眼看了一下窗外。现在已经是晚上七点，比国内早五个小时，外面依旧很亮，天空瓦蓝瓦蓝，周边景色宜人。我想起了你们，我的兄弟。

有很多事情，在国内想得无比简单，只有真正出来了才深有体会。在国内时，我下定决心要离开中国。现在真的离开了，却别是一番滋味在心头。初到的几个晚上，辗转反侧，深受思念之情的折磨。倒不是思念祖国什么的，却是思念故园之人。在国内，我有那么多认识的人，有着完整的人际关系，走到哪儿也不会有交流的障碍。然而顷刻之间，这一切都不存在了，我身处大洋彼岸，举目无亲，还面临着语言的困难，经营了二十年的人际关系全部断掉，要从头再来。人不能离开社会而生存，那些学成回国的人，很大程度上是离不开国内的社会关系，想要在国外建立起相当规模的人际网络谈何容易啊。

我的兄弟，我在南开的同学们，阿凡、拉斯、东东、大熊和小白。这些绰号一个个出现在屏幕上面，是那么亲切和熟悉。从我们相识到相知，我们一起度过了大学里的每一天，正是你们让我的每一天都充满了意义。

　　大熊，我还记得我们第一次见。那时你光着脚从上铺跳下来往外走，我见你衣服上别着南开的校徽，便问你哪里领到的，你是澳门人，操着不标准的普通话告诉我在刚发的包包里。当然，现在你普通话说得棒极了！

　　阿凡，我还记得我们第一次见。你热情地帮我把东西从楼下提上来。在边走边交谈的过程中，我知道了你是内蒙古来的。后来你还给我们带来了牛肉干和奶茶。你是我们几个中年龄最小的，可是你却能把每个人照顾得很好。我这个人，性子犟，不喜约束，结果老是连累当团支书的你替我受过，你一直在宽容我，对不起啦。

　　拉斯，我还记得我们第一次见。你是四川绵阳人，常夸四川如何好，绵阳如何好。虽然有时嘴上不服，心里却深以为然。要不，怎么会出了你这样的"人才"？你心地善良，有求必应，永远以诚待人。你还记得你的绰号怎么来的吗？是我起的！这个名字到了你嘴里十分不雅啊，谁叫你"思""诗"不分。这一年半里，我老跟你打嘴仗，有时我也忒尖酸刻薄，现在一想，心下难过，对你不起。

　　东东，我还记得我们第一次见。你妈妈送你来的。因为宿舍里来了个澳门人，我们都猜测你那张床会归一个香港人，谁知来了浙江湖州的你。你跟在你妈妈的后面，好像在看手机？你妈妈跟我说，以后生活在一起，要相互照顾。我说，好的阿姨。你一句话都没说，只抬头笑了一笑，却给我留下了深深的印象。

　　小白，我还记得我们第一次见。你是我们系里来得最晚的，错过了军训，结果要和 2011 级的一起训练。那天，学姐带我们去看新来的同学也就是你，我第一眼看到你时，没想到你会是我们的同学，以为你是读研的，或者学姐的男朋友，过了一会儿才反应过来。你长得也很成熟嘛，跟我有一拼。当时你没说话，支吾了几声。你的性格有些腼腆，可是你的才华真是光芒四射啊。在跟你熟悉之后，我觉得找到了知音。我们有着相同的兴趣和爱好，许多跟别人没法谈的话题我可以和你说，这是多么好的感觉！虽然某些角度我们也是对手，可这却并不妨碍惺惺相惜之情。"或曰人生在世，对手贵于知己"，请允许我引用你的这句话，说得真好。

我一直是个记不住事的人，以前发生的事会随着时间流逝而慢慢模糊。但和你们在一起的每一天，发生的每一件事，我愿意牢牢记住，变成独家珍藏的记忆，它们那么丰富多彩，为我本来枯燥无味的大学生活添上了闪亮的颜色。

我又想起了我们临别的前一晚，那是放假前的最后一天，大家约定考完试后为我饯行，先去吃饭，然后去通宵唱歌。我满怀期待，终于等到了那一刻。没想到，考完试后，临时接到通知让我去开会。这个会从五点一直开到了九点，后面再说什么我都没有听进去。我的心渐渐变得冰冷，沉了下去。我一次次让你们等我，你们一次次安慰我，说会等我。然而最终我们也没能一起吃这分别前的最后一顿饭。我和你们碰上面时，已经快十点了，我知道我扫了你们的兴，你们已经没了兴致，但还是都笑着调侃我，并且带我去了那个时间仅有的还在营业的肯德基吃了饭，然后一起去唱歌。在包间里，你们拿出了为我特别制作的我们的合影，是大熊做出来的，真好。我们离开之前一起唱了《老男孩》和《朋友》。

"那时陪伴我的人啊，你们如今在何方。"

"一句话，一辈子，一生情，一杯酒。"

那些平常不觉得如何的歌词此刻有了撼动人心的力量，房间里是我们认真的歌声在回荡。我唱歌五音不全，但现在我可以一直唱下去。我的兄弟，有了你们，走多远我也不会孤单。这一年半的时间，谢谢你们的陪伴。

我这人极少与人称兄道弟，想是这称呼太过江湖，与我竭力塑造的书生形象相去甚远。但这一次，我称诸君一声兄弟，其中情谊，君知我知。来到新西兰之后，有一天我在网上无意中发现了小白写给我的送别的诗文，文才熠熠。我的兄弟，你们给了我多少惊喜和感动！通篇相惜之意自不必说，独独那送别诗的最后两句，令我过目难忘，感慨不已：他年如旧樽前会，不说风月说风云。

于是，我想，在未来的某一天，我们会相逢。我们会像从前一样指点江山，以诗下酒。我们会微笑着举起杯，轻轻一碰，道一句："好久不见，风云几何？"

你们让我青春无悔
——致我所有的弟子

寇宝辉

　　三月的任丘，天气渐渐变得温暖。我读了半天书稿，感觉有点疲倦，起身站在窗前，看着少年宫院里高大的梧桐。梧桐还没有长出叶子，于是阳光透过树枝照进我的眼睛，变幻成七色的光。在这炫目的光芒中，我看到一群又一群少年，欢笑着、奔跑着由远及近。我认出那是很多年前的你们。

　　最初的最初，就是在这样温暖的日子，你们从不同的地方走来，欢聚在教室里，大家听我聊着遥远的往事。

往事是这样的：四千年前的河南省陈村，陈耀东是奴隶主，刘星池是他的马仔，前三排同学是他的奴隶，这个奴隶主欺人太甚，奴隶们开始诅咒他。有个臀部较大的奴隶叫张康，小伙挺有才，为了表达内心的不满，开始对陈耀东愤怒地吟唱：大老鼠啊大老鼠，你别再偷吃我的谷，多年以来我养活你，你却不给我买肯德基……于是前三排的奴隶们当场乐翻了，陈耀东却异常自豪，刘星池也狐假虎威。后三排的你们还在焦急地等待着自己的角色。

现实是这样的：2011年12月17日下午，陈耀东和刘星池拎着一大堆水果，从天津大学到红桥医院来看望我刚出生三天的儿子小笨兔。我们在天津一个小酒馆里高兴地喝酒称兄道弟一醉方休，远在澳洲求学的尻哥张康也适时发来贺电说等回国再被我请客。

往事是这样的：三千年前湖北的一座深山，美丽的山中女神许颖骑着花豹匆忙地奔向山顶去见自己的心上人——教室最角上趴着的高沛。然而任她苦等良久，红颜暗老，负心的高沛却早已忘记了这场约会，只剩女神在萧瑟的风雨中黯然泣下。讲到这里，平时爱折腾的小伙儿们也安安静静地为许颖叹息，同时幻想着有一天自己能变成高沛，那时肯定会准时赴约。

现实是这样的：2012年2月28日，听说我到义乌去采购奖品，已在武汉大学读国学博士的许颖星夜赶往浙江，把刚从台湾学术交流时买的各种文化礼品送给我供我参考，我还看上了她背的那个台北孔庙的红色单肩包并当场据为己有。此前半月高沛从日本早稻田大学种完稻子回国悄然降临在我办公室门前，被我请到咱这儿新开的新绿洲顶楼吃了三大盆麻辣香锅，席间这厮给我讲了日本种种，令我好奇不已。

往事是这样的：两千年前渭南的市井，穷苦的男人刘赫实在没有办法挣到钱养活老婆孩子，家徒四壁又断了粮，刘赫终于心一横，拔剑东门去，任凭妻子苦苦哀求劝阻也执意要冒险去抢城里有名的大户人家方茂欢。这时教室各处那些温柔的女生，你们的眼神预告着故事伤心的结局。

现实是这样的：2011 年 12 月 17 日，我在产科病房里陪着刚生完小笨兔的妻子聊天，手机提示人人网有消息，打开后我看到刘赫赞美我的日志。刘赫在文章里夸我是侠客，这真是个令男人幸福的称呼。被清华的弟子称为侠客，这是多少老师可望而不可即的事情。这样的文章不收录在《远方有我》里，那编辑一定是脑袋被门挤残了。去年夏天方茂欢找我请客，我才知道他也在清华呢，他朴素的衣着和低调的眼神告诉我自从两千年前被刘赫抢了大户之后出门再不敢露富了。

往事是这样的：一千年前的大唐国都长安西城门，孤独的文人车赛在月亮底下搂着酒瓶子喝了三年西凤之后，由于恃才放旷、不能摧眉折腰事权贵，被特别器重他的唐玄宗老人家开着赛车送出了长安，从咸阳国际养鸡场乘坐 HEN380 专鸡飞向开封，从此落寞。当时下面的你们都前仰后合嚷嚷着想乘坐专鸡呢。

现实是这样的：我一直认为井下那个名叫车赛的小伙子学习那么好早晚得人如其名去研发赛车，可是从这次投稿地址来看，这小子最终并没有研发赛车，而是到复旦大学倒腾硫酸去了。不过我还是建议车赛多跟在同济学汽车的富亚睿联系，折腾出一辆不错的赛车来，毕竟开着赛车倒腾硫酸那才是王道啊。

往事是这样的：一百年前，北京，车夫刘洵被抢了新买的黄包车却捡到十几匹骆驼，于是他卖掉骆驼又买了车。在烈日和暴雨下，洵子就这么玩命地拉车挣钱想过上好日子。可是，那个年头人扛不过命啊，到头来，洵子还是家破人亡，万事皆空，从此看破红尘无恶不作。书上说，洵子被那个万恶的旧社会从人变成了鬼。我看着教室里你们一双双同情洵子的眼睛，忽然觉得，大家今天的生活真好，都不用去拉车了。

现实是这样的：2009年夏天，刘洵考上了中央财经大学，回他拉过车的老北京去深造。开学前我恩赐其一个开封夏令营带队的机会，一路上我们海侃神聊不亦乐乎，归来后阿洵一头扎进京城再没冒半个泡。一晃三年，我想学投资的阿洵凭借在京城拉过车的经历，毕了业回任丘开家人和车厂有限责任公司把这些铺天盖地泛滥成灾的三马子组织起来规范运营之后到创业板上市岂不是名利双收。

往事是这样的：十年前的任丘，那时我还很年轻，我觉得语文应该让孩子们变得渊博、坦荡、快乐。我觉得我能给孩子们这样的语文。我觉得把美好的语文传播出去，这才是我想要的生活。于是我装了一部电话，买了一个书柜、两套办公桌椅、一台组装电脑和一个不大的生态鱼缸，请了一位年轻的姑娘当助手，最后到建设路一家标牌厂做了一块上面刻着"远方文学社"的金属牌子，并请好朋友牛志强把它钉在少年宫三楼办公室门口的墙上。远方就此启程。从此，上面那些往事里的你们陆续来到我的课堂，咱们吟诗赏词、激扬文字、谈古论今、大笑江湖。之后你们陆续离开，我却一直在这里。

现实是这样的：你们离开后总是说我好，说远方好，你们的爸爸妈妈也常对别人这样说，所以远方从没做过广告却一直门庭若市。一年又一年，许许多多的孩子来了远方离开时又变成了你们。2007年春天，我伤感地摘下那块刻着"远方文学社"的已经锈迹斑斑的金属牌子，然后喜悦地请好朋友牛志强装上一块新的不锈钢拉丝的牌子，上面刻着"远方青少年文化培训中心"。那一年，远方有了四个校区，有了数理化课程。当年接待你们报名那位年轻的姐姐现在是办公室主任，她早已当了妈妈。2011年末，我心爱的儿子小笨兔出生了，当天，你们的祝福从天南海北、世界各地海啸一般涌来，在人人网上和我的手机里铺天盖地，我来不及逐一回复，便坐在笨兔旁边读着成百上千条祝福，记忆像潮水漫过我的心和眼睛，直到抬起头来儿子在我的眼前已变得模糊。原来你们还记得我。

十年。你们都长大了。风华正茂、意气风发。你们带着和当初一样蓬勃旺盛的生命激情去了遥远的远方，你们像李白、像陆游、像徐志摩、像海明威一样读书、恋爱、流浪、拼搏。

原谅我无法把你们每一个人都再次编排进这篇短小的文字，重温昔日的快乐时光。可是你们每一个人都一直在我心里，你们最初的每一张笑脸都停留在我记忆的一个角落，从十年前，到永远。

十年。我的青春终结。我最亲爱的弟子们，谢谢你们让我青春无悔。

再版续编

每一个孩子的未来,
都是远方的未来,
他们生生不息,远方便生生不息。

再次写给12岁的自己

陈耀东

毕业于纽约大学

"长风万里送秋雁，对此可以酣高楼。"

当我看到这句诗时，脑海中浮现出一个男孩的身影：他站在老寇的少年宫办公室里默读着墙上的这句诗，顺便背出了后面的几句。当时是暑假，没有长风和秋雁，周围看似能飞起来的只有窗外那架锈迹斑斑的小飞机。当时他只有十二岁，不可以喝酒，故乡华北油田还没有高楼。

十年前的我曾给他写过一封信，转眼间又一个十年过去了，我想再写一封信给他。希望大雁能带着我的信，乘着风，飞向远方，飞到他的身边。

12岁的耀东：

你好啊！

我是32岁的你。

十年前写给你的信收到了吗？你会不会因为那不是一封情书而失望呢？本来天天努力学习争第一已经有些疲惫了，没想到还有人"冒充"未来的你追着给你上价值。如果是那样的话，我还真有些不好意思。不如等你写完作业后，把这封信当作科幻读物来消遣娱乐吧，听一个来自平行时空的大耀东和你聊聊天。

你一向骄傲要强，总感觉有一些使命在身上，将来是要去完成一些大事的。你喜欢李白，向往他的豪迈与洒脱，仰慕他的才华与仙气，更欣赏他怀才不遇也要与权贵斗争的悲壮底色。在你青涩稚嫩的认知里，李白不是游戏里的华丽刺客，而是一种人生态度，一个精神图腾，一壶甘甜清冽的酒，一首波澜壮阔的诗。你一遍遍地读李白游四海、闯长安的故事，不知不觉中，你踏上了与这位偶像相似但又不同的旅程。

旅程的第一阶段是见天地。你跟着老寇参加远方少年行，坐着绿皮火车去了很多地方。你打开了眼界，领略了多彩的风土人情，学到了丰富的人文地理知识。后来你离开华北油田去天津求学，这期间你没有停下脚步，坐着动车、高铁去北京看奥运会，去上海逛世博会，和好兄弟们一起毕业旅行，留下了无数珍贵的回忆。之后，你坐着飞机去到美国读研、工作、成家。你在纽约时代广场上与无数陌生人一起倒计时跨年，在中央公园的长椅上欣赏金黄的枫叶飘落，在西雅图太空针的最高处远眺皑皑雪山。从曾经爸妈和老师带领的少年行，到与妻子和朋友结伴的青年行，行路虽难，但你一直对探索这个美好世界充满

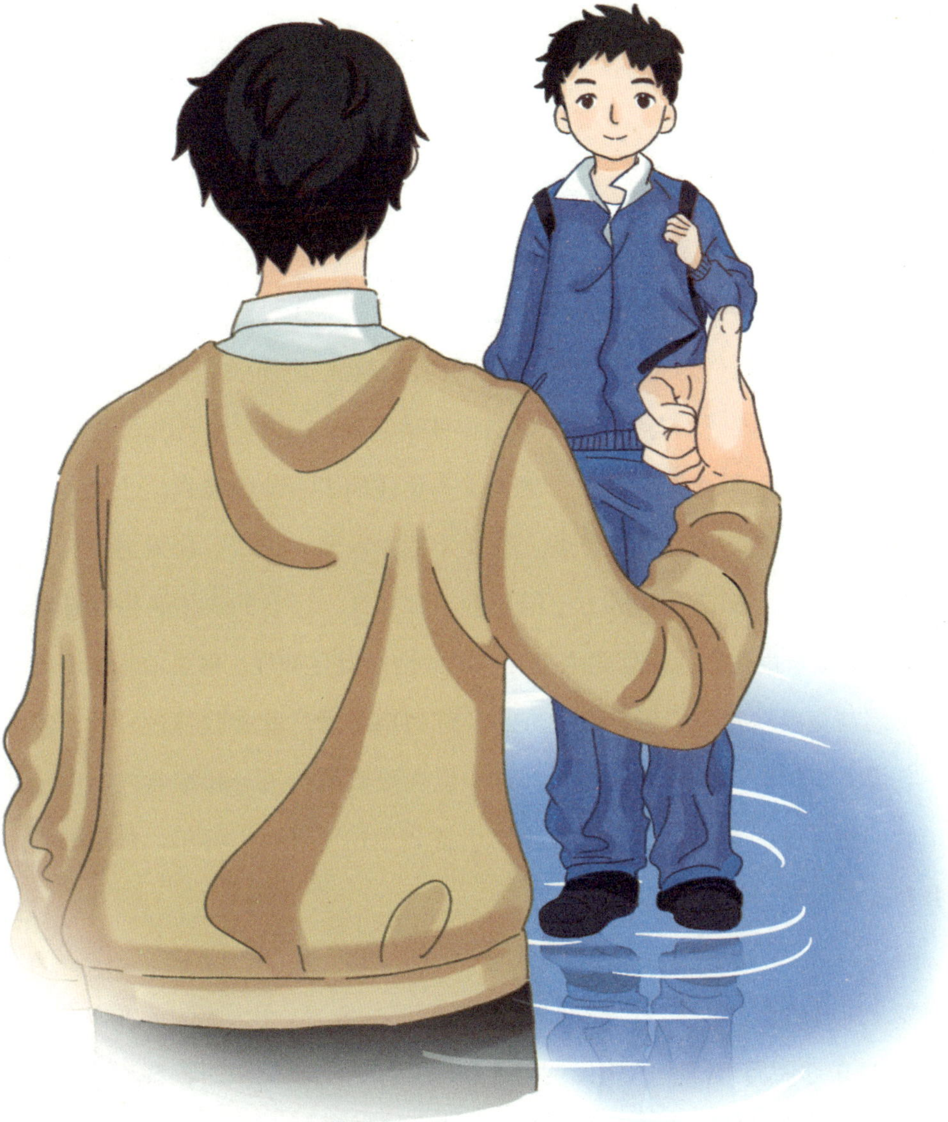

激情，并坚定地行走在路上。

  旅程的第二阶段是见众生。去过的地方让你的视野变得开阔，经历的事情让你的思想变得沉稳，与其说是被社会磨平了棱角，不如将其视作一堂爱与成长的必修课。上课前你想要去改变这个世界，让它变得更美好。经过各式各样的锤炼后，你好像无力了，你看见了太多人世间的苦难与无奈，却做不了什么。你好像悲观了，你听见了网上太多的龃龉与争吵，大多没有结果却有无数人乐在其中。困扰的时候你想起了远方，忽然明白了曾经在远方学到的文学作品里，作者真正想要表达什么。苏轼说："回首向来萧瑟处，归去，也无风雨也无晴。"莎士比亚说："爱所有人，信任少数人，不负任何人。"顾城说："黑夜给了我黑色的眼睛，我却用它寻找光明。"文学的力量原来正是"让无力者有力，让悲观者前行"。即使我从远方已经毕业了那么久，远方的人生必修课却从未结束。这堂课一直在教我如何为人处世、勇敢地去爱与被爱、尊重他人的不同、学会感恩与宽容。众生皆苦，众生亦甜，你付出了爱，就会收获爱。我非常喜欢一句游戏里的台词，与君共勉："这个世界是被所有人一起推着往前的，我知道我们想要做的事有些会很难很难，可是我也知道，人生百年，吾道不孤，总会有人跟我们一起的。"

  旅程的第三阶段是见自己。这不是单纯的"我见到你"的字面意思，而是一场螺旋上升的修行，在不同时期我们会有不同的答案。我很想感激你的答案：12岁的耀东你做得很好，感谢你的努力耕耘为如今的我带来的收获。我也许没有答出让你喜出望外的答案：我很普通，没有伟大的使命，也没有做出一番大事业，更谈不上改变这个世界。但是我很幸福，我在大洋彼岸的远方生活，做着一份充实有趣的工作，遇到了想共度一生的人，现在最大的愿望就是疫情结束后带妻子回家与父母团聚。我很享受这场修行，虽然我还是会有很多烦恼和困惑，但是没关系，我们的路还很长，相信过程，相信未来的我们会有更圆满的答案。

　　不知不觉我又唠叨了那么多，快去睡觉吧，也许在梦里我们就可以相见了。高楼之上你端着可乐，我和李白举着酒杯，我们一起唱歌，一起舞蹈，一起眺望远方。天空中一排排大雁正在展翅高飞，一同翱翔的还有那架少年宫的小飞机，在太阳底下闪闪发光。

32 岁的陈耀东

2022 年 12 月 24 日

把酒祝东风，昔时与君同

韩释毅 就读于南昌大学

说来惭愧，步入大学以来，很久没写东西了，连读小说、读剧本、读诗词的时间也少之又少，以至于如今下笔生涩，有心无口，看来已渐渐露出"被拍死在沙滩上"的颓势了。让一根久经地沟油烹饪的老油条去回忆它作为麦苗时轻轻拂过脸颊的风和浇水姑娘纤纤的手，未免是一件残酷的事。但这并不妨碍我带着欣喜与怀恋，跟大家讲述那"凯风自南"带着洒脱的生机，讲述那"所谓伊人"带着似水的温柔。细雨绵绵，在寒意顿生的南方小城里，我寄希望于年少时刻在船舷上的一道痕迹，去打捞涛声中渐行渐远的一段时光。

高考结束后我曾回过一次远方，在曾经的教室前驻足，贴着门缝去听笑声、读书声和粉笔沙沙的声响，那是我的过去时，他们的进行时。一直等到放学时分，孩子们牵着家长的手蹦跳着离开，我才有机会走进教室。桌椅换成崭新的了，坐上去不再嘎吱作响，桌面上也不见某某的QQ号或是某某喜欢某某的蝇头小字，淡蓝色的窗帘在傍晚的微风中飘动，梧桐树间的鸟儿叽叽喳喳。当时的同班同学中，我已记不起几人，老师虽时常联系却也很少见面，从别后，忆相逢，原来每周一次的欢聚一堂，是"赌书消得泼茶香，当时只道是寻常"。

　　我在这里收到过人生中第一份圣诞礼物，是四个小小的记事本，画着一棵树的春夏秋冬。初中时远离家乡求学，它们是我的日记本，记录着一个装作长大的孩子的日常。那时很多理想和不甘都羞于开口，我写过"孩儿立志出乡关，不学成名誓不还"，也写过"今日念母，泣，晚些稍安"。正如村上春树所说，在某个瞬间，我由从古风歌词和中二语录中获取力量的孩子，变成了全副武装的大人。

　　我在这里磕磕巴巴地背会了很长很长的诗歌，十三四岁的时候，哪里能读懂"在天愿作比翼鸟，在地愿为连理枝"或是"根，紧握在地下，叶，相触在云里"，只是囫囵吞枣般地死记硬背，孩童的目光只是被奖品和荣誉吸引过去罢了，却得到了比奖品甚至比知识更宝贵的东西——对美的感受力。我曾经，至少一段时间像李杜一样大胆地发现，热烈地追求，纵情地放歌，即使是现在，也从不缺乏"晚来天欲雪，能饮一杯无"的美妙情趣和"也无风雨也无晴"的安适泰然。原来我从远方带走一团火，一壶酒，可以点心灯，慰风尘。

　　我对陆游与唐琬的故事早有耳闻，听老师略带哽咽地念出"错，错，错"时，仍情不自禁地潸然泪下。

我曾随队珠江夜游，用老年机挑拣着像素模糊的照片，那是我第一次体会到世界之繁华盛大。

　　我仍记得教材里有关于礼仪的内容，书上短短一行字"冬天傍晚买菜，不要讲价，尽量多买一些"，总让我想起《悲惨世界》中穷得只剩下一套银餐具的神父，他贫穷但崇高，礼貌而善良。

　　暑期课程结束后人人有份的可乐，那个夏天的清爽酸甜不仅来源于掀开拉环喷涌而出的气泡，也在于我曾试图把它送给一个女孩。

　　……

　　离开远方，与稚嫩单纯的自己告别，如同苏东坡被贬黄州，王阳明远放龙场。所谓告别，并不是说一门双第，走马京华不风光；也不是说朝堂之上，据理力争不伟岸，而是被时代推搡着，我们都要长大，踏上陌生的旅程。可是，我的朋友，请你把青云志与白月光也塞进行囊，就像剑士会带一把剑在身上，游子离乡会带上一罐乡土。你也需要这样一个锚点，作为迷航时的依仗，就如歌里唱的："你一定看花海盛开，你一定等燕子归来，想着他们都会回来，你誓死为了这些而存在。"

　　把酒祝东风，昔时与君同。明年紫陌上，花开好重逢。

发现新大陆

孙彬达

就读于郑州大学

看着书架上珍藏的《远方花香》，不由思绪飘飞，回到了七年前。任凭岁月流逝，每个人的脑海中总会有那么几段刻骨难忘、历久弥新的记忆。

七年前，我还是个毛头小子，不知天高地厚，目之所及，只有生我养我的一座小城，心之所向，也只是成为这座小城某个职位上的一员。那会儿，我自信到盲目之境，为一点成绩自喜，自认为已经做到了最好，甚至不存在进步的空间，眼睛只能看到身边的几个朋友。一只井底之蛙最大的悲哀就是把井口的天空当成了全世界，并为之心满意足。

直到我发现了新大陆。

一天，我到了一个叫远方的地方。老师先讲到礼仪知识，我发现自己从未注重过的细节竟然也有大学问；老师又讲到历史故事，我发现原本枯燥的历史竟是如此有魅力；老师又抛出"诗三百"，那一刻，我觉得眼前站着的仿佛是一位魔法师。我看到墙上的蓝色大象，胖胖的肚皮上有他的名字——大象无形，憨态可掬的微笑是为了隐藏自己的智慧。老师说大象的名字叫无形，取自老子的《道德经》，"大音希声，大象无形"，宏大的声音是听不到的，宏大的气象是看不到的。我听得云里雾里，却也没好意思追问。现在我有了新的理解，人的听觉、视觉和认知都是有局限的，一旦声音或事物超出了这个界限，我们就既听不到也看不到了。蜻蜓有很多复眼，可以捕捉到人眼所无法捕捉的光谱，因此蜻蜓看到的色彩与人是不一样的。

接下来，两年里的每个周末，我都会去远方，风雨无阻。在那里我结识了志同道合的朋友，遇见了激情澎湃的老师；在那里，我可以放声大笑，不用担心自己因知识匮乏而被嘲笑；在那里，我可以抢着举手发问，因为老师也喜欢迎接挑战。随着自己的积累逐渐厚实，我越发觉得未知的世界是那么宽广，也就越发感觉自己应该虚心求教。希腊哲学家芝诺将知识比喻为一个圆，圆内是你所知的，圆外是你未知的。一个人所知越多，他的圆就越大，圆周所接触到的未知就越多。在那里，我的眼界愈加宽广，也懂得了谦虚；在那里，我的品格愈加健全，还懂得了尊重。

在远方拥有太多宝贵的瞬间，最难忘的是策划一台元旦晚会。远方课堂总能让人身临其境，历史人物仿佛穿越到教室里。我们能不能通过一场舞台剧来演绎一场穿越大戏呢？想法一说出口，就得到了朋友们的大力支持。大家各抒己见，争先恐后地讲出自己的想法，勇敢者已经开始"选角"了。在同学们的鼓励下，老师也按捺不住了。教室变成舞台，周幽王和刘邦掰手腕，项羽和关羽讨论战术，楚庄王请李白作诗，成吉思汗约拿破仑打猎……我们用简单的道具将预备级和一级课程里所有的历史名人和文学大家请上了舞台。为庆祝第二天的元旦，于是，我们在远方举办了一场远方式的联欢晚会。

　　人生如旅，岁月如歌，当时光的列车缓缓驶过车站，我们就踏上了新的人生旅程。高中以后，我就从远方毕业了。三年以后，我走进了心仪的校园。回首，我最爱的课堂还是远方。

　　感谢远方这片新大陆，让我的精神世界越发充盈，让我的知识世界越发绚丽多彩。

　　如今，我已长大。远方，我的老朋友，你还好吗？

七年

袁玺涵 就读于南开大学

走在松松软软的雪地上，深一脚浅一脚地踩着，鞋底细碎的沙沙声与耳机里空灵的音乐交织在一起。我望着眼前白茫茫一片，突然涌起一种强烈的宿命感，这感觉将我拉回了拿到大学录取通知书的那天。那一天我仔细端详着通知书上"南开大学"的字样，莫名觉得"我本来就属于那里"。只是，当时的我还未发觉，与天津的缘分早在七年前就开始了。

七年前，诸暨也下过一场大雪。那一年，我初一，还在学习远方文学社的一级课程。每周五放学，我都会和几个朋友一起坐公交车去远方上课，踏着夕阳走进远方。吴老师温柔博学，从夏商周到元明清，从《诗经》《楚辞》到《雷雨》《雾都孤儿》，她浪漫地说着，我们陶醉地听着。

在远方，历史和文学犹如瀑布倾泻而下，澎湃激昂，噼啪作响。从此，我不再是历史的旁观者而是参与者。从此，"窈窕淑女，君子好逑""物是人非事事休，欲语泪先流"不再只是一句句朗朗上口的诗句，而是宁静田园中，翩翩少年鼓起勇气走向爱慕已久的意中人；是繁花落尽的暮春时节，黄铜镜中一个满含热泪的瘦削身影。那时，我沉浸在获取知识的喜悦中，还未意识到远方已融入自己的生命，远远超出知识本身。

去远方上课之前，我是个懵懂无知、爱哭鼻子的小孩，但随着在远方的学习，我开始日渐显露出具有优于同龄人的坚定和执着。即使是在高三的重压环境下，依然能够保持相对稳定的状态，就连母亲也感慨于我的变化。临近高考，同学们都十分焦虑，我也常常问自己，为什么能够做到心态平和、目标坚定？我想，这还是得益于远方对我的熏陶。在远方课堂上，吴老师曾提到的大人物或小人物都在用自己的故事彰显生命力的坚韧。与之相比，这点学习的压力是那么微不足道。范仲淹仕途四起四落，笔下的《渔家傲》气势雄浑不减唐人，他主持庆历新政失败，被贬谪出开封，仍能留下"不以物喜不以己悲"的文字。我一时的悲与喜，又算得了什么呢。远方使我的精神世界日渐丰盈，并且至今仍给我带来有益的影响。

上大学后，我相中了"掬水月在手"的选修课。坐在拥挤的阶梯教室里，听着老师在讲台上动人地讲解古诗词，听着她与叶嘉莹先生的故事，听着同学们的分享，恍惚间我的思绪又回到了南方的那座小城，回到了那间宽敞的教室，那里有一个熟悉的声音，久久回荡。

七年后，我在自己喜欢的大学里读着自己喜欢的专业，过着自己喜欢的生活，不免联想到最近互联网上很火的一句话："至此，教育终于完成闭环。"远方文学社带给我们的绝不只是知识的丰富与视野的扩展，更是一种内心的浸润与精神的丰盈。

张开双臂，我在雪地里纵情地奔跑、欢呼、傻笑。鹅毛大雪迎着风漫天飞舞，看着此情此景，一股豪情涌上心间，我不禁想起了苏东坡，何妨吟啸且徐行，一蓑烟雨任平生！

2023年，是告别家乡的第一年，是见识到北方冬天的一年，是与远方相识的第七年。不经意间得知远方总部就在天津，顿感无比惊喜。七年一瞬，如痴如醉。

莎士比亚

李昌繁

就读于萨米特国家走读学校

俄亥俄州是美国有名的摇摆州，每逢大选之年，都有"赢得俄亥俄，赢得总统"一说。也许是近水楼台先得月，美国有七位总统来自俄亥俄州。三年前我来到这里留学，也经过了相当一阵的摇摆不定。临近期末，课业压力格外繁重，注视着眼前密密麻麻的英文字母，我试着做了几次深呼吸来调整心情，皆以失败告终。于是决定先把这些字母收起来，打开电脑，忆童年，忆远方。

瞥了一眼刚才的四行诗，望向窗外，不禁想起在远方遇到的莎士比亚。

那会儿我还念小学，每周五都会期待着到经三路的花开远方学一些学校学不到的东西。与其说远方是课外兴趣班，我更愿意把它当成生活里的万花筒。二三十个同学的教室里，人仰马翻的笑声，争前恐后的抢答声，整齐划一的读书声，成了我出国后最念念不忘的景象。二级课程外国文学部分有一讲是莎士比亚，一上课，老师一连串问了我们好几个关于莎翁的问题，大家一脸茫然。提起莎翁，大家或多或少都有了解，但真要走进他的戏剧世界，我们都是彻头彻尾的门外汉。周老师环顾四周好几圈，期待哪个同学能举手，期待哪个答案能脱口而出。集众人之力，我们除了把莎士比亚的国籍锁定到英国，是个写剧本的人，也创作过诗歌。除此之外，我们好像再也答不出什么了。最后，老师十分遗憾地点点头，最叫他遗憾的是，我们班里没有同学看过莎翁的剧。老师做深呼吸状，半个多小时滔滔不绝气势如虹连写带画，把莎翁的前世今生讲明白了。紧接着，又一个多小时介绍《麦克白》《哈姆雷特》，引人入胜的台词，幽默诙谐的表演。那一刻，讲台变成了舞台，老师一会儿是利欲熏心的麦克白夫妇，一会儿是优柔寡断的复仇王子。"如果生命是一个简单而美丽的笑话，我们为什么会感到厌倦和疲惫呢？""我最大的敌人就是我自己。"莎翁的语言被译成汉语后仍然是美的，深刻的，富有哲理的。难怪，几百年过去了，他的剧目一直在全球各国的剧院上演，从未落幕。原来一个人的思想可以借助文学作品发挥出如此巨大的影响力，难怪莎士比亚是站在英国文学巅峰之上的人物了。末了，老师给我们分配了角色，后来我们还演绎了一小段王子复仇记。除了欢笑，还有哲思，这是莎士比亚带给我的，也是远方带给我的。

　　后来，我来到辛辛那提上学。学校开设有戏剧表演课，因为在远方学习，我对莎士比亚、莫里哀并不陌生，我对他们笔下的经典作品也并不陌生。这竟成了我在某个方面的优势，因此，我很快地融入了学校的生活。

莫言获得诺奖后说，文学和科学相比的确没什么用处，但文学最大的用处，也许就是它没有用处。庄子也说，无用之用，方为大用。笔直的树木会被砍伐，浑身长满疙瘩、奇丑无比的大樗连木工都视而不见。朱熹说，天不生仲尼，万古如长夜。我说，没有文学的启迪与唤醒，也许中世纪的黑暗还要延续千年，莎士比亚用悲剧带给人战胜"黑暗"的力量，作为文艺复兴的灵魂人物也就有了大用。

不知不觉，来到美国已有四年，即将高中毕业。希望明年春天能收到来自大洋彼岸的《远方有我2》，还能收到霍普金斯大学的 offer。在远方的学习加深了我对文学的认识，对中国厚重文化的认识，让身在异国他乡的游子也并不会长久地陷入摇摆不定。

生存还是毁灭于我而言已经不是个问题，当有限的生命绽放出它独有的耀眼光芒，毁灭也不能令它产生一丝恐惧。

威海的雪

范馨子　就读于山东大学

威海的雪丝毫不亚于延吉的雪。早在北宋年间烟台威海一带就有了"雪窝子"的称号。北宋韦骧去登州赴任的路上遇大雪，留下诗句："长途冉冉马萧萧，风势横来带雪飘。"

胶东半岛地形独特，低山丘陵，远远地伸出陆地，三面环海，像一个时刻准备出发去大海远洋的冒险家。一入冬，北方的冷空气大举南下，一路上裹挟着渤海和黄海的水汽，山东半岛的山峦再助一臂之力将其抬升，惹人羡慕的鹅毛大雪就成了这片大地独特的礼物，这种现象在全国和世界地理中都是具有代表性的。提到地理，不得不说一句：我的地理启蒙竟然是由文学老师完成的。

　　威海今年的雪比以往来得更晚了一些，我走出校园，跑上街道，沿着各种知名不知名的路漫无目的地走着。威海是山东半岛通往朝鲜、韩国、日本等国家最便捷的出海口，得益于此，威海成为中韩自由贸易区，也成为我国第一个也是唯一一个被写入国际双边自贸协定的城市。威海的街头有许多韩国元素，文字、服饰、饮食尽显异域风情。这种情形不免让我想起了故乡，想起了故乡的雪。从延吉到威海1000多公里，坐高铁须经济南换乘，最快也要花上十几个小时。延吉作为延边朝鲜族自治州首府与朝鲜很近，走在延吉街头随处可见汉语和朝鲜语文字。延吉的美食我就太熟悉了，冷面、打糕、米肠、拌饭、各种泡菜、各种口味的糯米酒……

　　两座距离如此遥远的小城被特殊的地理位置装饰出了相似的风景，两处乡音一处同。除此之外，脑海中关于雪的记忆还和一个神奇的地方有关，那就是——远方。

　　冬天，踏雪去远方文学社上课是一种幸福的体验。捧着保温杯，听老师讲近代历史，讲到北洋水师在威海卫战役中全军覆没，此役的失败宣告着洋务运动的失败，泱泱大国，竟被蕞尔小国打到割地赔款的境地。听到老师哽咽的声音，我只觉得异常难受，喉咙里想发出声音，却发不出来。放下水杯，望向窗外，窗外刚才还纷纷扬扬下着的雪不知道什么时候已经停了，只剩那些已经掉光树叶的树枝，在风中颤抖着，沉思着。就这样，我的历史启蒙竟然也是由文学老师完成的。

　　四季轮回，沧海桑田，我遨游在远方的海洋里，从远古到现当代，从中国上下五千年的文学大家，到海外各洲的文学经典。不知是华丽浪漫的辞藻打动了我，还是诗词里万古流芳的精神感染了我。我爱这浩瀚无垠的文学世界里的瑰丽奇景，一字一句都那么精妙绝伦；我爱那文学大河里的一个个荡气回肠的灵魂，一颦一笑都那么风华绝代。来到远方，我仿佛才刚认识那些伟大的诗人、词人，在这之前我对他们的了解竟是如此浅薄。我永远被李白"仰天大笑出门去，我辈岂是蓬蒿人"的放荡不羁打动。我永远被辛弃疾"醉里挑灯看剑，梦回吹角连营"的豪情震撼。我为屡遭贬谪仍能唱出"何妨吟啸且徐行"的苏东坡而倾倒。是远方让我重新认识了他们，让我体会到语言文字的力量。于是，我的文学启蒙当然是由文学老师完成的。

一晃，我从远方已经毕业多年。她陪我走过了莽撞叛逆的中学时代，她鼓励我去迎接充满未知的人生长路。在数不清的漫漫长夜里，我不曾孤单，在数不清的沟沟坎坎面前，我不曾怯懦。至于语文成绩的飞速提升，在今天看来已经不那么重要了。

雪停了。

我捡起一片晶莹剔透的威海的雪，在里面看到了希望。

你相信光吗

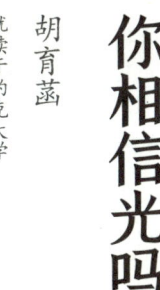

胡育菡

就读于约克大学

因为在加拿大留学，我已经很久没有用中文写过文章了。但是听说《远方有我》征稿的事情后，我坐在书桌前，望着电脑，跃跃欲试。当敲下熟悉的汉字时，竟有了回家的感觉。瞬间，从五年级到初一，关于远方的往事一桩桩、一件件浮上心头。

在远方学习的生活是特别的。这不是传统意义上的课外班，教学方式很少见，是同学们十分需要的寓教于乐。因为在远方的课堂真的能收获快乐，所以我每周最期待的不是周五晚上，而是周六。虽然周末有众多叫人心生厌倦的补习班等着我，但每周六我还是步伐轻松地背上书包，搭乘4路公交车，看着车窗外因为心情好而变美的景色前往远方，风雨无阻。随着学习的深入，我从预备级升到了文学二级，书包也从普通的袋子变成了远方的书包。在拥抱快乐的同时，老师们深厚的教学功底也将那些穿越千年的知识成功地埋进我的脑海。虽身在异国他乡，离开了中文的语言环境，我仍保留着阅读经典文学的习惯。

　　远方能成为我唯一喜欢的课外班，还有一个原因，就是我对文学的偏爱。和众多理科课外班相比，我太爱文学了。中国是诗的国度，借助诗词，我们能够结识曾与我们生活在同一片土地上的伟大灵魂，体验他们的精彩人生。大家或多或少都有这样的经历，对于你所喜爱的东西，即使它不一定是你成绩最好的科目，但它一定是你学习劲头最足的科目。因此，第一次翻开远方课本时，我就沦陷了。

　　接下来是那几年在远方学习的难忘瞬间。

　　在"大象无形"这个可爱的角色出来之前，远方的特色应该是钢笔。强制要求使用钢笔对于钟爱中性笔的我来说真的很麻烦，写作业时劲儿使大了，纸就会被墨晕染。每次上课和考试前都要把墨水灌满，一不小心还会弄脏书包。让我印象最深刻的一次是抄写《琵琶行》，我花了整整一个下午的时间，写完以后手都僵了。但那个下午，我的世界里只有钢笔吻过纸张的声音，脑海里尽是"司马青衫湿"的画面。渐渐地，我理解了其中的缘由，钢笔能把方块字的美展现得淋漓尽致。敲到这里才发现，我已经很久没有用钢笔写字了，顿时无比怀念那种感觉，有种冲出去买支钢笔的冲动。

　　远方每年都会举办长诗背诵活动，我只参加过一次，但那一次或许达成了我这辈子的背诗最高成就。那年，背诵篇目和奖品公布后，我沉思片刻，为了奖品，我决定挑战令同学们望而生畏的《长恨歌》。这个活动的要求很严格，比在学校里背课文还要严格，而我要挑战的这篇有840个字。真正开始背诵之后，我肠子都悔青了，因为，《长恨歌》真的太长了。这得承载了老白多么深刻的怨恨，多么悠长的思念啊！

　　好在，人不仅能调整自身，适应环境，也能选择环境，改变环境。在奶奶的英明指导下，我们把长诗按照叙事情节分成四个部分，每个部分又分成两大段落。一天一段，第二天再把前一天的内容巩固一遍。这应该就是子夏所说的："日知其所亡，月无忘其所能。"在奶奶的陪同下，我自信地走进了办公室。最终，我十分顺利地完成挑战，也拿到了自己梦寐以求的奖品，奶奶也为之高兴。写到这儿，我不自觉又背起来："汉皇重色思倾国，御宇多年求不得。杨家有女初长成，养在深闺人未识……"时隔多年，这首诗竟成了我理解中国文化的密码。

　　远方与其他较小规模的课外班还有一点不一样，就是会举办期中和期末考试。考试那天，学校门口挤满了家长。有一次考完试，我没有对答案，一直有些莫名的紧张。在成绩公布的前一节课，老师突然在讲台上问了一句："胡育菡来了吗？"我惊慌失措地举起手，虽然不知道发生了什么，但我经常会把事情往坏处想。大脑里迅速列出了999种糟糕结局，老师调皮地冲我竖了个大拇指，说："不错嘛！"我这才放下心来。直到成绩出来才知道，这是我成绩最好的一次，班级第一，年级第四。

　　去年，我已经在准备出国了，阔别远方也已有四年之久，因为弟弟在远方上课，我便跟着去教室后排旁听。原本是想来打发时间，但在老师开讲的那一刻，我仿佛又回到了在远方学习的日子。那节课是四大名著，我听得入神，比当年的自己还要认真，生怕以后再也听不到这样的课了。

　　一天，和高中同学聊天，才发现我竟还能背下来小学和初中的课文，几乎一字不差。原来，那些美好的文字都永远属于我了。因为远方，我才没有把这些经典的文学作品当成应付考试的内容，得益于此，我才可以长久地从中汲取营养。纵使曲终人不见，仍有青峰在心间。

　　文学如一束光，能穿越千年岁月，能跨过海角天涯。远方，是那守护光的人。

210 | 远方有我

昨天

梁越　就读于兰州交通大学

　　我坐在兰州的公交车上做起了白日梦，头重重地磕到了车窗，猛然惊醒，赶忙看向窗外——"花开远方"的花瓣标志跳入眼帘。"糟糕！坐过站了！上课要迟到了！"我慌里慌张站起来，旁边的乘客被吓了一跳。"兰州公交提醒您，下一站即将到达西站什字。"我一愣，哦，这不是华北油田，我也不是那个初中生了，周末去远方上课的美好时光只是一种回忆了。

　　"远方征稿呢，你要不要参加？"妈妈给在兰州念大学的我发消息。我心头一震，真快啊，远方的又一个十年。我们这批00后都长大了，可以像远方的第一批学生——老寇的亲传弟子一样，坐在书桌前，写下自己和远方的故事。粗略算起来，结识远方已经有十个年头了，但那些时光碎片光鲜亮丽，仿佛就是昨天的事情。

昨天的预备级

我有一个非常好的语文启蒙老师，因此偏科的问题从小学已经"崭露头角"了。对文科的偏爱让我对"上远方"这件事有种"丧心病狂"的执念。油田的孩子去上远方课程是一种传统，就像冬至吃饺子一样。

我是远方第一批上预备级课程的学生，学中国历史知识。从"宇宙茫茫"开始，我至今还能熟练地背出隋唐之前的段落。与远方初次见面，称得上"一见钟情"。我在上第一堂课前，有幸拜读过学长学姐们在《远方有我》里的文章，结识了他们笔下的老寇，期待着这位潇洒的老师为我们讲述"文学的起源"。可老师进来后，我大失所望，是粉丝没见到偶像的那种大失所望。我敢肯定那不是老寇——他并不潇洒，是一位眉毛浓得要连起来的瘦削老师。可他一开口，我就知道，他也是潇洒的，这是一种精髓的传承，远方对学生文学兴趣培养的理念一直未变。我仍然记得那堂课上的笑声，我从未在哪堂课上笑得如此忘乎所以，笑得我当下决定要把远方所有课程学完。最后，我做到了，远方所有的课程我一门不落、一级不落地进行了"投资"。

我喜欢远方，是从预备级的第一节课开始的。

昨天的老师

"苏老师请客吃烤肉耶！"今年夏天，和远方的同学们满怀期待地围着烤盘坐了一圈，关于远方的话匣子在吱吱冒油的烤肉中打开了。

"我是伏子建老师教的，他超级幽默，每次上课都笑到肚子疼。""我的老师是张长庆，他长得像马云，表演像赵本山，知识储备像《辞海》。""对，他和刘青，是远方搞笑担当，他俩像《小鸡不好惹》里面的瘦高高和胖乎乎。""我是张韶诚老师教，他超级帅，比李白和苏东坡还要帅。""上初中时，苏浩哲老师还去我们学校代课来着，极其受欢迎。""我去小兴安岭的夏令营是苏老师带队，我把瓜装在抱枕里，准备护送回家，结果在高铁站被一个女生弄碎了，我俩差点大打出手，苏老师使劲拉架未果，又给我买了一个。""在少年宫，丹丹老师喜欢储备零食，我总去丹丹老师那蹭吃蹭喝。""哈哈哈，谁不是呢……"远方的老师魅力十足，给大家留下了深刻的印象。在我们心里，他们不仅是老师，更是朋友。后来听说，很多老师和我们一样已经离开少年宫，离开华北油田，带领远方去了天津、上海、深圳以及更遥远的海外发展去了。

我喜爱远方，也喜欢那些特立独行、勇于拼搏的老师。

昨天的朋友

"你俩从来没同校过，那是咋认识的？""上远方课啊！"上远方课的意外收获太多太多了，不仅仅有历史知识、文学知识、礼仪知识，还有一种特殊的收获——友谊。有时，公办学校里的同学都不联系了，远方的同学还经常在朋友圈互相点赞。远方式友谊的回忆是一起傻笑、一起谈文学、一起旅行、一起合作。远方是一座小城里的文化圣地，像一个贯穿小学初中的文学俱乐部，每个礼拜组织一群同龄人一起学习，一起成长。

我在远方也有自己要好的同桌。每当我提起钢笔，看笔尖在纸上划过，晕染开蓝黑色的痕迹时，我会想起她，因为只有远方要求我们用钢笔记笔记，我们在课堂上一边记笔记，一边重复老师刚讲的笑话。每当我背起在远方测试中得到的书包，我会想起她，我们一起坐在钻二中学的小礼堂期待着上台领奖，讨论哪个奖品更好。每当我在周末发呆时，我会想起她，我们去吃校门口的竹筒粽子和麻糍，下课后一个奔向少年宫的车棚，一个奔向会战道的公交车站。我们现在都已奔赴自己的远方，我们享受当下，也怀念过去。

我喜爱远方，因为那里没有苦涩的竞争，只有美好的回忆。

昨天的自己

你总是在忙着长大，不愿意回头望。从小生活在华北油田，你总是渴望窥探外面的世界。周末上着远方，心里想着远方。现在你如愿了，在离家一千五百公里的兰州想家想到睡不着觉。一边流着眼泪，一边给爸妈编辑消息"我很好，勿念"。后悔吗？不后悔！我在远方学到余秀华的诗："我身体里的火车从来不会错轨，所以允许大雪、风暴、泥石流和荒谬。"我感谢自己的每一个选择，这一连串的选择构成了我的人生，独一无二的人生。远方一直在鼓励我，勇敢地追求幸福，追求美好。这颗种子，如今已经开出绚丽的花。

我喜爱远方，是因为那里住着昨天的自己。

远方，声声慢

高小媛
就读于河北师范大学

远方，并非遥不可及。

上次写远方还是在初中，转眼间，远方竟然已经25岁了，比我的年龄还要长出一大截！我想，如果远方变成人，一定会比童话里的白马王子还要绅士优雅几分。因为，白马王子心里只有公主，而远方的心里有一千个哈姆雷特。

回首豆蔻年华，文学是一根魔杖。河北学生的初中生活，是黑白红三色的。白色的试卷、黑色的题目和鲜红色的钩或叉。与之配套的求生地图是经典的三点一线，学校、家和培训班。

幸运的是，我有远方，同学们管它叫校园传说，因为那里的每一个老师都是一个传说。首先，付老师的长相就是一个传说。我三四年级就听说了远方，但是一直没有报名，也不愿去试听。因为，传说里付老师长得像《海的女儿》里的巫婆。后来，拗不过老妈的坚持，我还是去了，听了一节十分动人的《楚辞》。课后才知道，讲课的就是大名鼎鼎的付老师。回想她在课上的"音容笑貌"，这明明是"秋兰兮青青"的少司命，哪里有半点巫婆的影子。从此，我就成了"老付"的超级粉丝，我们都这样喊她，她从来都是大大咧咧地答应。她个子不高，却蕴藏着无比的能量，像歌手张韶涵；她眼镜不厚，却蕴藏着无比的智慧，像哲人黑格尔；她衣着朴素，却蕴藏着无比的端庄，像主持人董卿。

远方，我叫它世外桃源，因为，这里有顶好的文学，我常在那片精神田园里流连忘返。先秦诸子百家思想繁盛，虽然吵了几百年，谁也没能说服谁，但他们有一个共同的追求—— 自由。秦汉气势恢宏，千回百转，生出了句式错落，声律和谐的"赋"。唐诗让语言的美达到巅峰，每一个中国人的心里，都会有一首唐诗念念不忘。说罢唐诗，宋词、元曲便接踵而至。但，我最喜欢的却是魏晋文学，它承接秦汉，开启唐宋，堪称中国版的"文艺复兴"。尤其是东晋诗人陶渊明笔下的《桃花源记》，为后世千百年的中国人建造了一个独特的精神世外桃源，帮助我们度过人生中的每一次挫折与困苦。我的生命中十分重要的高中三年是在新冠疫情中走过的，每每被封控到宿舍或家里，文学就成了最好的解药，因为里面写满快乐与希望。

而今鲜衣怒马，文学成了我忠实的好伙伴。因为我不但吸收了读的营养，还拥有了写的本领。初中喜爱小说，总想自己写一本，可每每临下笔，总缺了些勇气。考场作文写得多了，也让我渐渐远离了心里那些活泼的文字。远方三级的文学写作课不限文体，给了我莫大的勇气。那是一个普通得不能再普通的下午，我完成了幻想许久的短篇小说。那篇小说的内容我已经淡忘，但当时落笔的激动心情却此生难忘。那堂不限文体的写作课，无意中给我提供了一个机会，一次自由创造的机会。就像小时候，勇敢地把凳子搬上桌子，然后爬到凳子上偷到了奶奶挂在高处的糖果。甘甜无比，回味悠长。因为这次自由的写作，一直到现在，我都喜欢写，不害怕写，文学也就成了我忠实的伙伴。

我常常想，远方因何使我牵挂？思来想去也不过二字：自由。不同于学校对成绩的过分追求，在远方，我可以无拘无束地听老付讲文学、谈历史，那里的知识和空气都带给了我自由的气息。自己也得以短暂地成为一匹脱缰的野马，只盼着周末的下午，能够到远方去撒泼、打滚、追蝴蝶。

每每想起远方，都会生出一阵感动。它让我找到了自己，爱上了自己。它让我成为自己，而不是成为别人或别人期待的样子，这是在我过去生命里接受到的最宝贵的教育。

勇敢接受命运发出的每一次邀请，做一个幸福的人。慢慢倾听窗前阶下的牵牛花吹喇叭，慢慢倾听小路两旁的荆棘丛在吵架，慢慢倾听内心的声音"你到底想做个啥"，声声慢，声声慢。

出发啦，不要问那路在哪，迎风向前，是唯一的方法。出发啦，不想问那路在哪，命运哎呀，什么关卡……

种子

王同舟　就读于北理莫斯科大学

日升日落，白云苍狗，风云乍隐乍现，沧海不语少年，若问儿郎何处去？远方！

从传统质朴的"孔孟之乡"到开放繁荣的"中国硅谷"，逐梦远方的种子是儿时在远方种下的。

记得是在未脱下小学校服的年纪，懵懂的我在母亲的"哄骗"下走进了远方的教室。幽默的老师和有趣的课程打破了我对补习班的认知，于是从第二节课上古神话开始，我便稳稳地坐在东营某步行街深处的时暗时亮的教室中，看着一直"暗"的老师，聊着一直"亮"的校长，听着一直"靓"的班主任……暗叹母亲有先见之明的同时，我开始在文学的海洋里尽情徜徉。

宋老师是一个神秘的男人，他总是用"浓缩才是精华"来结束同学们对他身高的猜测。同样令大家好奇的，还有他使用的牙膏。上午的阳光从窗口斜射进来，笼罩了小半间教室，每当宋老师走进那柔和的阳光里，他的一口皓齿就会在不断张合的唇间反射出贝母般的光泽。光线模糊了他的轮廓，他像是从远古穿越而来的使者，带着他的故事和生活。

面对我们这群稚气未脱的小学生，宋老师会把复杂的历史人物和故事情节概括成几个关键词，方便我们理解和记忆。"爱、恨、悔"是他对《长恨歌》故事的概括，他给我们讲了一个爱情故事，也讲了一场权力斗争。滔天的权力在历史的大潮中也保不住独属于自己的那份温情，这份认知，或许我们无法将其写进阅读简答题里，但在人生的答卷中，它也许能带我们找到最佳选项。

得知宇宙之广阔，方觉天地之渺小，得知历史之漫长，方觉生命之短暂。忘记了是在哪一节课后，我在心里默默种下了"去远方"的种子，我要用短暂的生命去感受更多元的文化，去欣赏更美丽的风景。于是，跨越两千多公里，我选择了来深圳求学。几十年前，这里只是个默默无闻的边陲小镇，而今这里是具有全球影响力的现代化国际大都市，我惊叹于这里的先进与繁华，发展之迅速，没料想，远方的发展竟也如此迅猛。如今，远方之花已经开遍全国，在东营更是家喻户晓。

广东和山东，虽然都是中国东部的沿海省份，但由于纬度的差异，在历史和文化方面都大有不同。来到这里，我理解了苏东坡为何能把满腹苦水唱成甜蜜赞歌，"日啖荔枝三百颗，不辞长作岭南人"，这里的荔枝真的很甜。夜间，在大梅沙海滨漫步，张九龄在荆州写下"海上生明月，天涯共此时"的那刻，是否正在怀念我眼前的美景？

儿时于远方种下的种子，如今已经开出绚烂的花。未来，我将带着它奔赴更远的远方。

人间词话

杜昕阳 就读于帝国理工学院

  英国已经入冬，气温骤降，气象局发布冰雪警告。相比夏季的热闹喧嚣，冬天的伦敦宁静了许多。独自回家的路上寒风阵阵，只有路灯做伴，我张开手臂，用口技配出摩托车引擎的嗡鸣声，向前飞奔。

  地理课上学过，英国伦敦是典型的温带海洋性气候，全年温和多雨，冬无严寒，夏无酷暑。当时的我心里充满憧憬和向往，觉得这是全球最宜居的城市。可到了之后才知道，这里的气候和书里写的略有出入。初来乍到时，见到太阳冒出来，我都会欢呼起来。但转眼间，太阳就又不见了——英国的太阳永远在和云朵进行拉锯战，可能是白云，也可能是乌云，反正只要是云，就能不动声色地把太阳给收拾了。在英国，太阳不会驱散乌云，乌云会遮住太阳，顺手抱进怀里的还有月亮。昨晚又梦到郑州家里楼下的胡辣汤小摊，温馨，热闹。早晨醒来，我的思绪被拉回到梦想开始的地方，也是我的心灵家园——远方文学社。

我利用小学的周末和几个寒暑假，学完了远方从预备级到二级的课程。印象最深的是给我们上课的王老师，他是我有生之年见过的最酷的老师，他能够潇洒流利地通篇背诵《长恨歌》《琵琶行》《孔雀东南飞》等长篇巨作。他带着我们走进广阔的文学世界，和屈原、陶渊明、陆游、辛弃疾交朋友。一颗文学的种子就此发芽了。远方文学就像甘霖，满足了我对课外知识的渴望。不过那会儿，我阅历尚浅，对于文学、诗词、人生的思考仅停留在表面。

后来上了高中，生活越来越繁忙，能静下心来读书的日子少之又少。长时间紧张忙碌的学习让我像一台上紧发条的机器，几乎失去了主动思考的能力，对未来一片迷茫。在一次校友分享会上，一位学长给我们分享了王国维《人间词话》里的人生三境界，不禁让我回想起在远方的那几年学习唐诗宋词的快乐时光。

"昨夜西风凋碧树，独上高楼，望尽天涯路。"此一境也。用"西风凋碧树"来形容我那段时间的心情、状态是再合适不过了，词人一夜未眠，爬上高楼，居高远眺，看到自己的人生追求。我顿时醍醐灌顶，暗暗下定决心——焦虑没有任何意义，一定要找到自己的目标。李白举杯对月，在谢朓楼"俱怀逸兴壮思飞，欲上青天揽明月"；陈子昂登幽州台"念天地之悠悠，独怆然而涕下"。正值青春年华的我们，听到了不同的故事，领略到不同的人生。于是，我给自己树立了一个遥远的目标，迈进QS世界排名前50的大学。

"衣带渐宽终不悔，为伊消得人憔悴。"此二境也。人瘦了、憔悴了，但仍"终不悔"，人生势必会遇到各种困难，但仍要坚持奋斗，继续前进，为了梦想全力以赴。纵然学习与生活会带给我们压力，但依旧不能停下前进的步伐，因为堂吉诃德教过我们"鲁莽也比怯懦更接近真正的勇气"；当我们被现实与不公一次又一次地打倒，我们也不能轻易地去放弃，因为浮士德教过我们"凡是自强不息者，到头我辈均能救"；当我们偶尔深陷泥潭之中感到迷茫时，我们要持续思考，保持清醒，因为思特里克兰德教过我们"满地都是六便士，他却抬头看见了月亮"。

"众里寻他千百度，蓦然回首，那人却在灯火阑珊处。"此三境也。我仍能清晰地记得突然收到帝国理工 offer 时的惊讶和喜悦，一句看似简单的"Congratulations"，是对我高中三年所付出全部努力的肯定，也是对我未来继续朝着山顶勇敢攀登的激励。申请帝国理工学院的工作量非常大，但我从没想过放弃。参考往届，我被录取的可能性并不大。但那又如何，无非是损失了 100 磅的申请费而已。等真正拿到录取通知书后，才发现它并不沉重，一张薄薄的纸而已，但它却承载了我满怀憧憬和无所畏惧的青春。

现在，我认为自己的思考又深入了一些。你总得相信些什么，你的勇气、梦想、使命、宿命……每个人的生命曲线是由一系列的点连接而成的，每个点的产生来自自我觉醒或外部刺激，每个人的命运都是紧紧掌握在自己手里的。远方给了我取之不尽的人文的力量供我在迷惑时觉醒，也给了我谦逊的品质使我能真诚地接受旁人的建议。

王国维在《人间词话》中讲："词以境界为最上。有境界则自成高格，自有名句。"人区别于动物的标志是具有思想意识。故而，人以思想意识境界为最上，有境界则格调豪迈，自然也就能最大程度实现自我的价值。

希望，有一天，远方也能到伦敦来，我会招呼身边的华人同学为之欢呼喝彩。

短暂与永恒

毛凌云

远方学员家长

  诗歌里藏着短暂与永恒的意义。雪莱在《奥兹曼迪亚斯》中写出了"短暂"的命题，古埃及法老的雕像半掩在风沙里，与他做伴的只有寂寞与荒凉，雕像上的不朽功业已经不见踪迹。我却在诗歌里找到了"永恒"的答案，荷马的特洛伊，辛弃疾的中原，李白的洒脱和苏东坡的乐观……

  如果没有遇见远方，在繁重的课业负担面前，孩子很难有亲近文学的机会，这将是她的遗憾，也是我莫大的遗憾。

奋勉无闲时，悉力终日夕

2015年夏天，在远方的课堂上初识沈老师。那时的他，比现在瘦一圈，青春正值，可谓雄姿英发。那天他穿一件白色衬衣，唐山的六月天已经有些暑热，课没讲多久，他后背上的汗，就把衣服洇湿了一片。汗水是沈老师给我留下深刻印象的一个关键词。在后来的相处中，我发现沈老师是一个舍得流汗、不吝付出的人。除去课堂上的挥汗如雨，平日里的教研、培训、赛课、各种学生活动和冬夏令营，甚至各个校区的装修与搬迁，他都全情投入，永远站在工作第一线。他常说："眉毛上的汗水和眉毛下的泪水，你总得选一个。"他带给孩子的永恒是关于品德的，叫作言行如一。

吹灭读书声，一身都是月

一直在想，该怎样形容杨老师，想到的那个词是"光风霁月"。是的，杨老师就是让我"高山仰止，景行行止，虽不能至，心向往之"的那类人。第一次听杨老师的课，她以"打水的竹篮"为喻，告诉孩子们要多读书。她说，指望用竹篮打水来装满整个水桶是很难的事，但打水的竹篮一日日被清水浸泡、荡涤，它总会比那些常年装着泥沙、土石的容器更加洁净和莹润，阅读的意义正在于此。这就是杨老师的语言，这就是杨老师的讲课风格。德国一位哲学家把教育定义为"一个灵魂唤醒另一个灵魂"，在杨老师的课堂中，我时常感受到这种力量。如惊雷一鸣，闪电一破，那春风孕化的雨，沁入魂灵根底，滋养出一个新生命，洗刷出一片新天地。他带给孩子的永恒是关于追求的，叫作跬步千里。

直从萌芽拔，高自豪末始

远方发展到今天，其来有自。除了沈、杨两位老师，远方的一众年轻人也让我感触良多。负责日常事务的王老师是一个细心的人，更为可贵的是，她还十分用心。她为沈老师的二级班建了一个家长微信群，这本不算什么，难得的是，每个上课日前，她都会在群里提醒；每次课后，她又将主要知识点一一发到群里。"蒹葭披白露，葳蕤自生辉。"这是一位老友信手改的诗，我很想把她送给王老师，敬她在幽微处洒下的那些光。

在远方自带光芒的人，是何老师和刘老师。何老师是有名的才子，我和他相遇于一次家长会。彼时他渊渟岳峙，侃侃而谈，我脑海中浮现出"文质彬彬，然后君子"这几个字。对刘老师的关注，源于他的公众号。他很耿直，公众号的名字就叫"一个刘老师"。其中文章并不多，我印象很深的有一首诗，结尾是"远处华灯上，一处叶落"。很想问问他，什么时候再更新啊……

最后要说的，是我最欣赏的李老师。我和孩子走进远方，始自李老师主讲的试听课《硕鼠》。这堂课，使我在之后的日子里，得以"与有肝胆人共事，于无字句处学习"。而我从李老师那里学到的，关乎细节。李老师的细节，是仅仅一两次课后，就能准确地叫出孩子的名字；是清楚明晰的幻灯片课件；是每次上课前，端给每位家长的那杯水。细微处可见精神，白乐天曾描绘云居寺的一株梧桐，"四面无附枝，中心有通理"，李老师为人，也是如此。

他们带给孩子的永恒是关于为人的，叫作追求幸福与美好。

孩子早已在远方顺利毕业，考入大学，只有我还在对远方的古代文学、外国文学、语法修辞……念念不忘。我与远方的相遇是短暂的，但远方留给我的感动是绵长的，远方带给孩子的影响和改变是永恒的。

听说唐山和远方有着千丝万缕的关系，听说远方已经去了海外发展，听说远方的学生一年比一年多。这真是叫人喜不自禁，不禁为远方喜！为中国文学喜！为广大青少年喜！也为在远方工作的众多年轻人喜！

很幸运能在远方25周年的发展历程中留下几行文字，这算是对一个文学爱好者最大的报偿。

一封对文学的情书写完，竟冒出一个新的想法，明天就去远方面试！

嫁给幸福

孙晓彤 远方学员家长

　　比起上班的忙碌，做一个陪读妈妈也并不轻松。从孩子咿咿呀呀学说话，到跌跌撞撞学走路，再到长成一个独立自主的少年，这个过程漫长而艰辛，但我也收获了许多幸福。这幸福不是来自孩子的卓越优秀，而是来自在和他一起读书、一起成长、一起旅行的过程中，我遇见了更好的自己，尤其是遇到远方以后。

　　第一次听说远方，是一个学霸妈妈强烈推荐的，她说这是个不一样的课程。"远方"这个名字新颖脱俗，我一下子就记住了。2020年春节，疫情把人锁在家里，大街上行人寥寥，呼和浩特的春天比冬天还冷。一个周末，阳光洒满书桌，我和儿子满怀期待地走进了远方的线上课堂，开启了一段美好的文学之旅。

那堂课是"文学的起源",看到标题后,我认为难度很大,心生担忧。"知道类人猿是怎样摘果子的吗?"老师问屏幕前的同学们,紧接着,自己举起有力的双臂,用力地挥舞起来。我一个没忍住,笑出声来。"知道中国最早的诗歌是哪一首吗?"老师故作神秘地慢悠悠地吐出几个字:"断竹,续竹,飞土,逐肉。"老师夸张的表情和生动的语调,让人忍俊不禁。儿子一边听一边大笑:"妈妈,太好玩了,我喜欢这个老师!"跟着老师声情并茂的讲解,我们仿佛穿越回几千年前……原来课还能这么讲,隔着屏幕都能感受到教室的欢乐氛围。不禁感慨,自己小时候怎么没有遇见这样的老师。一节课很快结束了,孩子意犹未尽,一首《弹歌》在家念叨了好几天。兴趣是最好的老师,我第一次理解了这句话。

远方似乎有一种魔力,一到周末,儿子就会迫不及待地去上课。远方有氛围轻松的课堂,博学幽默的老师,一双双鬼怪机灵的大眼睛,一张张叽叽喳喳打岔的小嘴巴。坐在教室最后一排蹭课,跟孩子们一起学远方课程是一种享受,我重返童年,陶醉在诗词的天地中。这是在别的学校没有的待遇,我也对远方上瘾了。之后几年,我们母子对远方的喜爱随着日升月落,越发深刻。终身学习是对抗焦虑的最好方式。兜兜转转,我现在的生活不就是柴桑人梦寐以求的吗。采菊东篱下,饮酒马背上,让陶渊明都羡慕的是,我还拥有碧绿如茵的万亩敕勒川大草原。

远方带给孩子的远不止这些。学了司马迁,他就买来《少年读史记》读了,这还不够,又买来《中国通史》,翻了一遍。学了唐诗,他回家找一张 A3 大纸在桌子上铺开,把李白、杜甫游历的路线绘制成地图。我们到宁夏沙坡头旅行,那里一边是奔腾的黄河,一边是一望无际的沙漠。当大家一脚深一脚浅地登上观景台后,望着满眼黄沙,儿子脱口而出"大漠孤烟直,长河落日圆"。他回

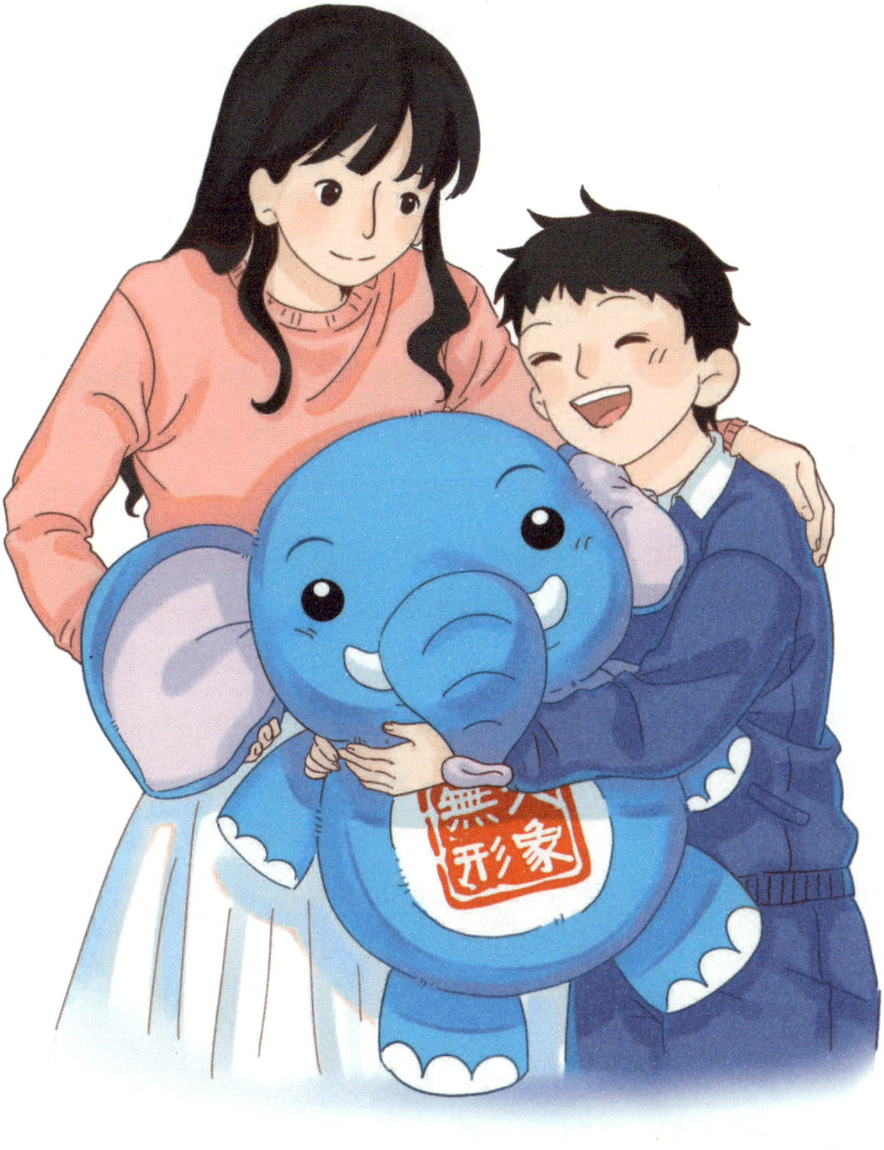

头看看我，不忘耐心地再解释一句："这是诗佛王维在边塞出差，路过这里时留下的诗句。不过，王维当时的心情应该是糟糕的，因为他被排挤出朝廷了。"我喜出望外，他小小年纪竟能了解诗句背后的人和事。远方期末验收考试，儿子抱回了第一名的奖品——一个巨大的"大象无形"毛绒玩偶，我俩合力才把奖品扛回家。他一路傻笑着跟"无形"说话，那一路的骄傲和喜悦，我至今都记得。

遇见远方是一件幸福的事情。它不仅仅是一堂文学课，还是一卷融合了历史、地理和文学的书籍，它更是一种对待生活的积极态度。远方的老师经常鼓励学生们要勇敢地追求幸福。幸福是什么？我也说不好。但我知道，幸福应该不等于金钱，也不等于地位，幸福不能待价而沽。对于孩子来说，幸福是成为他自己，独一无二的自己，而不是和别人一模一样的"自己"。至于我自己，也还在认真寻觅，毕竟汪国真也没有参透幸福的意义。

在一往情深的日子里
谁能说得清
什么是甜，什么是苦
只知道，确定了就义无反顾
要输就输给追求
要嫁就嫁给幸福

繁忙的生活，让我们常常忙于行路，却忘了目的地。不如，和我们一起，和远方一起，去勇敢地追求幸福，嫁给幸福。